악소림

악소림

1판 1쇄 찍음 2014년 11월 26일
1판 1쇄 펴냄 2014년 12월 1일

지은이 | 윤민호
펴낸이 | 정 필
펴낸곳 | 도서출판 **뿔미디어**

편집장 | 이재권
기획 · 편집 | 윤영상

출판등록 | 2002년 9월 11일 (제1081-1-132호)
주소 | 경기도 부천시 원미구 상동로 117번길 49(상동) 503호 (우)420-861
전화 | 032)651-6513 / 팩스 032)651-6094
E-mail | bbulmedia@hanmail.net
홈페이지 | http://bbulmedia.com

값 8,000원

ISBN 979-11-315-6097-6 04810
ISBN 979-11-315-3014-6 04810 (세트)

4

BBULMEDIA FANTASY STORY

악소림

윤민호 신무협 장편소설

뿔미디어

목차

20장.
악업(惡業)의 과보(果報)

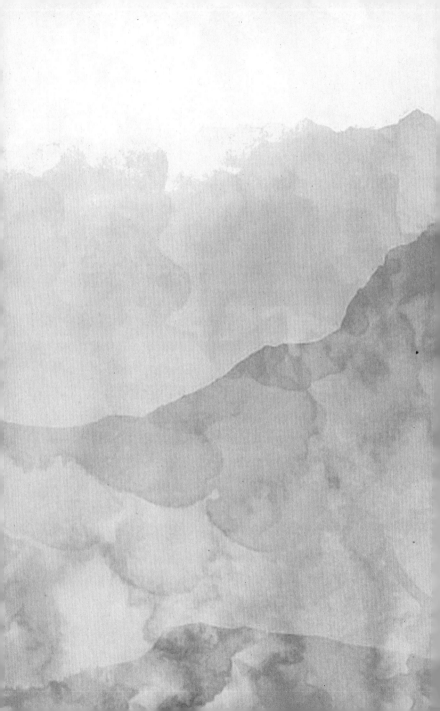

신비괴림 남동쪽 골짜기에 위치한 광산.

따가운 햇살 아래, 행색이 남루한 수많은 사람들이 채굴된 광물이 든 무거운 바구니를 둘러멘 채 커다란 갱도를 들락날락하고 있었다.

이곳은 다름 아닌 구천혈궁이 관리하는 광갱이자 희귀 광물인 공마괴철의 생산지로, 혈라대군이 죽고 사스케가 실권을 잡은 뒤부터 강제 노역에 동원되는 인원수가 두 배 가까이 늘어난 상태였다.

칠 년 전, 사스케는 신비괴림에 홀로 발을 들인 게 아니었다. 당시 배가 난파된 속에서 가까스로 생존한 칠십여 명의 왜구(倭寇)도 함께 이끌고 나타났다. 그리고 구천혈궁을 손아귀에 넣은 다음 휘하 왜구들에게 반오행쇄 문진을 자유롭게 드나드는 방법을 알려 주곤 광갱의 관리와 감독을 일임했다.

천성이 난폭하고 난잡한 왜구들은 곧바로 인근 동쪽 해안가의 마을을 습격해 민초들을 닥치는 대로 붙잡아 왔고, 혹독한 강제 노역을 시키며 무차별적인 폭행과 패륜적인 윤간까지 일삼았다.

마심 깊던 혈라대군조차도 생전에 백민을 함부로 건드리는 법은 없었는데, 왜구들은 온갖 종류의 학대를 즐겼다. 그 악업을 쌓음에 있어 남녀는 물론이고 노소조차 가리지 않았다.

민초들 수는 맨 처음 이백삼십여 명이 넘었다.

하나 지금은 일백 명을 조금 웃도는 정도였다. 지난 몇 년 동안 왜구들의 핍박을 견디다 못해 목숨을 끊거나 무참히 살해당했기 때문이다. 그렇게 결계 안에 고립된 민초들은 하소연할 관아조차 없이 말 그대로 하루하루 지옥 같은 삶을 연명하고 있었다.

광갱 입구와 주변에 자리한 왜구들은 저마다 서툰 중원 말로 윽박을 지르며 작업을 재촉했다.

"개새끼들! 제대로 안 하면 오늘 점심밥은 없다!"

"느릿느릿 걷지 마라! 발목이 잘리고 싶어?"

"어이, 거기 너! 광도로 도로 기어 들어가 바구니를 좀 더 채우도록!"

그때, 열다섯 살 소년이 제 체구만 한 바구니를 힘겹게 짊어지고 광물을 쌓아 놓는 수레로 향하다가 중심을 잃으며 털퍼덕! 넘어졌다.

칼을 찬 왜구 하나가 대뜸 도끼눈을 하고서 쓰러진 소년 곁으로 가더니 회초리를 마구 휘둘렀다.

짜악, 짜악, 짜악—!

장내를 울리는 따가운 음향.

소년의 몸엔 금세 빨간 선이 아로새겨졌다.

"악! 요, 용서해 주세요! 아악……!"

모진 매질에 소년의 여린 살갗이 잇달아 찢겨 나갔지만 왜구의 손속은 그칠 기미가 보이지 않았다.

광갱을 오가는 사람들은 그 광경을 보고도 차마 만류하지 못했다. 측은지심을 앞세워 괜히 나섰다간 되레 자신들이 피범벅이 되도록 두드려 맞으리란 것을 잘 알고 있기에…….

별안간 뾰족한 외침이 들렸다.

"오라버니!"

그와 동시에 열세 살 소녀가 헐레벌떡 달려와 왜구 앞을 가로막고 섰다.

"흐흑…… 오라버니를 살려 주세요! 대신 제가 일을
더 많이 할게요. 흑, 부탁이에요."

왜구는 눈물로 호소하는 소녀를 향해 비릿한 조소를
머금었다. 그런 왜구의 두 눈 위로 더러운 음욕이 빛이
스쳐 지나갔다.

"키킥……. 그래, 저 무능한 새끼를 대신해 네가 해
줄 일이 한 가지 있긴 있지."

"무엇이든 할 테니 오라버니를 때리지만 말아 주세요.
흐흑, 흐흐흑…… 제발요."

일 년 전, 왜구들의 무자비한 칼질에 부모를 여읜 소
녀는 예의 소년이 유일한 가족이었다. 그런 그마저 잃게
될까 봐 두려운 마음에 용기를 냈다.

음흉한 눈빛을 머금은 왜구가 돌연 휘파람을 불자 한
옆에 자리한 왜구 넷이 가까이 다가오더니 왜어(倭語)로
이야기를 나눴다. 그러곤 이내 서럽게 흐느끼는 소녀를
아래위로 훑어보며 히죽거렸다.

수레를 정리하던 사십대 털보 장한이 보다 못해 후환
이 닥칠 것을 각오하고 용감히 나섰다.

"어린애한테 대체 무슨 짓을 하려는 것이오!"

차마 입에 담지 못할 음행을 저지르려 한다는 것을 직
감한 모양이다.

발끈한 왜구들은 너나 할 것 없이 욕설을 토하며 털보 장한을 마구 구타하기 시작했다.

겁에 질린 소녀는 쓰러져 누운 제 오빠를 부둥켜안고 눈물만 흘렸다.

한데 그 순간.

"그만!"

호통 같은 소리와 함께 우람한 체구를 자랑하는 적의 (赤衣) 인영이 장내에 모습을 드러냈다. 그와 동시에 사람들 눈길이 일제히 그에게로 집중되었다.

붉은 장포에 중후한 인상을 가진 사십대 사내.

쇄장(碎掌)의 혈마력을 계승한 혈심육왕의 일인, 혈장 웅왕(血掌雄王)이었다.

혈장웅왕은 예의 털보 장한을 구타하던 다섯 왜구의 면전으로 가 서며 엄엄히 꾸짖었다.

"더 이상 희생자가 나와선 안 된다고 일렀거늘!"

"우, 우리도 죽일 생각은 없었소."

한 왜구의 변명 같은 말에 혈장웅왕의 우수가 바람을 갈랐다.

철썩—!

뺨을 맞은 왜구가 몸을 크게 휘청대며 외마디 소리를 내뱉었다.

바로 그때, 한옆에서 누군가의 외침이 터졌다.

"혈장응왕, 감히 어디서 손찌검인가!"

이끌리듯 고개를 돌린 혈장대왕의 시야로 기다란 왜도를 허리에 찬 일곱 왜인의 모습이 담겨 든다.

아랫도리가 훤히 드러나는 미개한 옷차림의 여느 왜구들과 달리, 깔끔한 복색을 갖춘 그들은 해인칠무자(海刃七武者)라 불리는 사스케 휘하의 왜장(倭將)들이었다.

그중 파도 문양이 수놓인 푸른 두루마기를 걸친 불혹의 왜장 하나가 칼자루를 만지작거리며 혈장대왕과 똑바로 대면해 섰다.

해인칠무자의 대장, 스이쟈.

일신의 공력은 제쳐 두고 도법만큼은 사스케에 버금간다는 일류 칼잡이다.

혈장응왕의 호안(虎眼)이 서늘한 안광을 뿜었다.

"방금, 감히…… 라 했느냐? 식객이나 다름 아닌 주제에 겁 없이 주둥이를 놀리는구나."

스이쟈 역시 매서운 눈빛으로 말을 받았다.

"우리가 알아서 처리할 것이니 닦달하지 마라."

"지난 몇 년 사이, 광갱 투입 인원이 반 이하로 줄었다. 덕분에 작업 속도까지 느려지고 말았지. 그 머릿수를 도로 채워 넣을 재간이 없거든 야단 부리지 말고 현상 유지에나 신경 쓰도록 해라."

뒤편에 선 여섯 왜장이 발끈해 우르르 모여든 찰나, 스이쟈가 손짓으로 만류하며 말했다.

"혈장응왕, 괜한 걱정은 거두시지. 다들 내 명에 따라 살생을 철저히 금하고 있으니까."

"명심해라. 사스케 님께선 이미 너희 존재를 탐탁지 않게 여기고 계심을……. 옛정에 기대 자꾸 설치다간 언제고 큰 대가를 치르게 될 것이야."

말을 마친 혈장응왕은 그대로 신형을 돌려 장내를 떠나려 했다. 그 순간, 스이쟈가 나지막이 물었다.

"사스케 님께선 지금 어디에 계신가?"

"독각혈망의 목을 치기 위해 잠운곡(潛雲谷)으로 향하시는 중이다. 나 역시 그리로 가던 중 잠깐 들른 것이고. 여하간 방금 전 일은 내 직접 보고를 올리도록 하지. 아마 사스케 님께서 크게 실망하시리라 생각되는군. 후훗."

조소를 흘린 혈장응왕은 이내 경공술을 전개해 한 줄기 바람처럼 저편으로 사라졌다.

그 직후, 유독 키가 크고 깡마른 왜장이 불쾌한 기색을 감추지 않았다.

"큼! 아랫사람 다루듯 오만하게 구는 꼴이라니……. 사스케 님께서도 너무 하십니다! 최근엔 아예 이곳을 방문초자 하지 않으시잖습니까!"

"닥쳐라, 요시토라!"

스이쟈의 일갈에 요시토라가 흠칫 놀라 고개를 조아렸다. 덩달아 다른 왜장들도 신형을 움찔했다.

낯빛을 굳힌 스이쟈가 경고하듯 일렀다.

"다시 한 번 그러한 말을 입에 담았다간…… 내 용서치 않을 것이다."

요시토라를 비롯한 왜장들은 황망한 표정으로 허리를 깊이 숙였다.

스이쟈는 앞서 털보 장한을 괴롭히던 왜구들을 가까이로 불렀다.

"반복되는 지루한 생활로 인해 속에 화가 많이 쌓인 듯싶구나. 오늘 하루는 마음대로 즐겨라."

반색한 왜구들은 감사를 표한 후 울부짖는 소녀를 붙잡고 부리나케 숲 속으로 향했다.

요시토라가 놀란 듯 물었다.

"스이쟈 님, 저러다가 잘못해 계집애가 죽기라도 한다면 어떡하려고 그러십니까?"

"혈장웅왕의 말 따윈 신경 쓸 필요 없다. 차후 우리가 궁내로 들 경우를 대비해 신경전을 벌이는 것일 뿐."

"예? 그게 무슨……?"

일순 스이쟈의 입가에 희미한 미소가 맺혔다.

"실은 얼마 전 사스케 님을 은밀히 뵈었다. 그리고 내게 이르시기를…… 독각혈망의 내단을 얻고 나면 혈심육왕 전부를 죽여 혈정강시로 만들 계획이라고 하셨다."

요시토라의 안색이 금세 환하게 변했다.

"오오……! 과연 사스케 님이십니다. 오랜 시간 참고 기다린 보람이 있군요."

고개를 끄덕인 스이쟈가 읊조리듯 중얼거렸다.

"우리 존재를 탐탁지 않게 여기고 계신다고? 멍청한 녀석…… 명색이 왕이란 칭호를 가진 자가 그리 아둔해서야. 후훗."

그때, 해인칠무자 중 가장 나이가 젊은 왜장 가오루가 조심스레 청을 해 왔다.

"스이쟈 님, 저도…… 재미를 좀 보면 안 되겠습니까?"

앞서 왜구들이 끌고 간 어린 소녀를 품고 싶다는 뜻이다.

요시토라가 피식 웃었다.

"푸훗. 네놈 취향도 참……."

덩달아 웃음을 흘린 스이쟈가 흔쾌히 고개를 끄덕거렸다.

"좋을 대로."

다섯 왜구는 숲 속의 어느 풀밭에 이르러 자리를 잡고 서둘러 소녀의 옷을 마구 찢어 벗겼다.

순식간에 알몸이 된 소녀는 질겁해 바들바들 떨었다.

"으흐흑, 흑흑…… 왜, 왜 이러세요? 네?"

색정에 휩싸인 왜구들은 아랑곳하지 않고 그녀를 겁탈하기 위해 풀밭에 강제로 눕혔다. 이내 그들의 추악한 손길이 애처로운 나체를 더듬기 시작했다.

소녀는 두 눈을 질근 감았다.

'아빠, 엄마…… 무서워요!'

순결을 짓밟히기엔 너무나도 어린 나이.

홀로 짐승 우리에 내던져진 소녀는 저항할 생각도 못한 채 가녀린 몸만 움찔거렸다.

왜구 하나가 음흉한 미소로 입맛을 다시더니 소녀의 허벅다리를 좌우로 벌려 잡고 가랑이 사이에 머리를 처박았다.

창졸간 왜구의 뒤통수로 희미하게 어리는 음영.

이내 허공으로부터 붉은 피풍인이 뚝 떨어져 내려 그대로 왜구의 등을 밟아 부쉈다.

꽈드드득—!

섬뜩한 파골음과 함께 선혈이 사방으로 퍼져 나가자 나머지 왜구들이 화들짝 놀라 뒷걸음질로 물러났다.

붉은 피풍인은 바로 천공이었다.

'엇! 저것은 혈천무회의 피풍의……?'

왜구들의 뇌리로 의문이 깃든 찰나, 피풍인 넷이 사방에서 쇄도해 들었다.

움찔한 왜구들이 칼을 뽑아 맞섰지만 피풍인들이 토한 가공할 공력에 의해 모조리 목숨이 끊겼다.

예의 피풍인들의 정체는 단희연, 승궁인, 광진 그리고 혈화지왕 종무린이었다.

천공은 피풍의를 벗어 소녀의 몸을 칭칭 감싼 후 자신의 품에 안았다. 그 온기를 담은 손길에 소녀가 비로소 감았던 눈을 떴다.

"사…… 살려 주세요."

그간의 괴롭던 삶을 대변하는 여린 목소리에 천공은 마음이 납덩이처럼 무거워졌다.

그는 작은 몸을 보듬은 손에 지그시 힘을 주며 온화한 미소로 말했다.

"꼬마야, 걱정하지 마라. 우린 나쁜 왜구들에게 핍박당하고 있는 사람들을 구해 주기 위해 이리로 온 것이란다."

고사리 같은 손으로 서러운 눈물을 훔친 소녀가 그런 천공의 눈을 바라보았다.

"흑…… 진짜요?"

천공은 문득 그런 소녀의 얼굴 위로 소청의 얼굴이 겹쳐 떠올랐다.

"물론! 내가 전부 혼내 주도록 하마."

비로소 안도감을 느낀 소녀가 코를 훌쩍이며 말했다.

"아저씨, 오빠가 많이 다쳤어요. 아까 나쁜 사람들이 막 매질을 해서……."

순간 울컥한 천공은 곁에 선 종무린에게 소녀를 맡긴 후 손짓을 보냈다. 그러자 가벼운 풍성과 더불어 일백여 명의 혈천무회가 나타났다.

"다들 준비되었나?"

천공의 나직한 물음에 회원들은 무언의 대답으로 안광을 번뜩이며 전의를 불태웠다.

별안간 승궁인이 의미심장한 미소로 중얼거렸다.

"엿보는 쥐새끼부터 잡아 볼까."

동시에 멀지 않은 전방을 향해 내뻗친 쌍장.

거리를 격한 장력이 초목들을 거칠게 휩쓴 직후, 뿌연 먼지 너머로 누군가가 빠르게 달아나는 뒷모습이 일행의 시야에 담겼다.

왜장 가오루.

천공, 단희연 등은 누가 먼저랄 것도 없이 지면을 박차고 돌진하기 시작했다.

등 뒤로 쇄도하는 기척들을 느낀 가오루가 눈살을 구겼다.

'혈천무회……! 여길 급습해 오다니, 정말 간도 크구나! 보아하니 어디서 쓸 만한 고수들을 포섭해 온 모양인데…….'

호흡지간 한 줄기 새하얀 예기가 어깨를 엄습해 들고.

슈우우욱─!

흠칫한 가오루는 달리는 채로 상체를 숙여 그 검기를 회피했다. 그때, 양 측방으로부터 강맹한 금색 기류와 육중한 장풍이 한꺼번에 날아들었다.

광진과 승궁인이 발출한 공세다.

퍼어엉, 콰아아앙!

요란한 폭음과 함께 아지랑이에 휩싸인 가오루의 신형이 크게 흔들렸다.

"커억……!"

큰 충격을 받은 그가 답답한 신음을 흘린 순간, 거대한 마귀의 주먹을 닮은 핏빛 권경이 회오리처럼 그 정면으로 육박했다.

혈신마라공 단혈회류마황권(丹血回流魔荒拳).

육성의 성취, 그 극성의 공력이 고스란히 담긴 일권.

가오루는 비로소 죽음을 직감했다.

콰차앙—!

가슴 앞으로 추켜올린 왜도가 무참히 부러지고.

푸하아악—!

몸통을 꿰뚫린 가오루의 신형이 뒤로 강하게 튕겨 날아가 고목에 등을 처박고 털썩 나부라졌다.

예전 혈조여왕의 쇠 같은 손톱도 모조리 부러뜨리며 그 위력을 자랑한 바 있던 단혈회류마황권.

가까이에서 그 위력을 목도한 종무린은 내심 찬탄을 금치 못했다.

'저것이 혈신마라공의 권력(拳力)……. 파권(破拳)의 혈마력을 계승한 혈영권왕도 아마 저 장면을 보았다면 경악하고 말았으리라.'

종무린에게 여벌의 피풍의를 건네받은 천공이 체외로 붉은 마기를 가닥가닥 피워 올리며 물었다.

"혈화지왕, 방금 죽은 왜장이 혹시 해인칠무자 가운데 하나인가?"

"예. 해인칠무자의 말석인 가오루란 자입니다. 왜장들 중에선 스이샤와 요시토라, 그 둘이 요주의 인물이지요.

짐작컨대 일신의 무력이 가오루보다 몇 배는 강할 것입니다.”

곧바로 단희연이 말을 받아 입을 열었다.

“왜장들은 문제될 것 없어요. 다만 그들이 가진 인간 시체 병기들이 문제죠.”

금강저를 불끈 검쥔 광진이 불자답지 않은 농후한 살기를 내뿜었다.

“우리 고려도…… 꽤 오랫동안 왜구들 때문에 몸살을 앓았다네. 사람 목숨을 우습게 아는, 더없이 미개하고 야만스러운 종족이지. 결코 용서할 수 없는 무리일세!”

승궁인이 요대를 고쳐 매며 나지막이 소리쳤다.

“아우, 서두르지! 그들은 분명 방금 전의 폭성을 감지했을 거야.”

피풍의를 두른 천공은 이내 지면을 박차고 쾌속하게 전진했다.

질세라 단희연 등도 경공술을 펼쳐 그 뒤를 따랐다.

종무린 또한 혈천무회 회원 한 명을 불러 소녀를 맡기고 대기하란 명을 남긴 후 혈천무회와 함께 신속히 내달려 사라졌다.

남겨진 회원의 품에 안긴 소녀가 걱정스러운 투로 속삭였다.

"전부 좋은 사람들 같은데…… 다치면 어떡해요?"

그러자 회원이 그녀의 머리를 쓰다듬으며 부드러운 목소리로 안심시켰다.

"마음 놓으려무나. 그럴 일은 절대 없을 테니까."

*   *   *

숲 길을 빠르게 나아가던 혈장웅왕의 걸음이 어느 순간 우뚝 멈췄다. 대략 일 장 남짓한 거리 앞에 불쑥 등장한 적발 여인 때문이다.

혈섬요왕 서아상, 그녀였다.

입꼬리를 씰룩 올린 혈장웅왕이 대뜸 내공을 이끌어 냈다.

"재미있군. 네년이 제 발로 나타나다니……."

"오랜만이에요. 입이 천박한 건 여전하군요."

서아상도 그 말과 함께 하단전의 기운을 운용했다.

"내 손에 죽고 싶은 게냐?"

"말은 똑바로 해요. 날 붙잡더라도 죽일 수는 없잖아요."

"훗, 건방진 것……. 좋아, 이참에 널 붙잡아 아랫도리나 실컷 맛봐야겠다."

"그 실력으로 내 옷깃이나 건드릴 수 있을까요?"

두 무인의 무형지기가 한데 엉키자 일대 공간의 사물이 이지러져 보인다.

혈장웅왕은 기감을 한껏 돋워 주변을 살피며 물었다.

"무슨 꿍꿍이 수작이냐?"

대답 대신 여러 개의 비수가 쇄도해 들었다.

쐐액, 쐐애액—!

혈장웅왕이 두 팔을 뻗쳐 강맹한 장력을 토해 비수들을 튕겨 냈다. 그 틈에 간극을 좁혀 면전으로 육박한 서야상이 좌각(左脚)을 힘껏 차올렸고, 혈장웅왕은 잽싸게 상체를 젖혔다.

간발의 차로 턱 끝을 스친 발.

발끈한 혈장웅왕이 그대로 일장을 뿌렸지만 서야상은 도약과 동시에 뒤로 한 바퀴를 돌아 장세를 회피했다. 이어 그녀는 지면을 딛기가 무섭게 교구를 뒤돌려 경공술로 몸을 빼 도망쳤다.

혈장웅왕이 눈에 쌍심지를 켰다.

'눈에 빤히 보이는 조잡한 유인책이로군!'

알면서도 속아 넘어가 준다는 듯 냉소를 흘린 그는 쾌속한 보식으로 그녀의 뒤를 쫓았다.

　갓난아기를 업은 채 바구니를 나르던 여인이 광갱 입구를 지키고 선 왜구를 보며 간곡히 부탁했다.

　"아이에게 젖을 물려야 해요. 시간을 좀 주세요."

　"젠장, 성가시게……. 저쪽으로 가라. 대신 젖 물린 시간만큼 나중에 일을 더 해야 된다! 알겠느냐?"

　굽실굽실하며 감사를 표한 여인은 얼른 한옆의 바위에 등을 돌리고 앉아 앞섶을 헤쳐 젖을 꺼냈다. 그러곤 젖이 잘 나오게 만들기 위해 조심스레 가슴을 문질렀다.

　그로부터 멀지 않은 곳, 한 커다란 고목 밑에 등을 기대고 자리해 있던 삼십대 외눈박이 왜장 타카하루가 문득 군침을 삼켰다.

　여인이 품은 갓난아기에게 고정된 시선. 이내 그 동공 위로 한 가닥 기광이 스쳤다.

　"후훗, 간만에 특식을 좀 먹어 볼까."

　벌떡 일어선 타카하루는 냉큼 여인 곁으로 다가가 왈살스럽게 갓난아기를 빼앗았다.

　"앗! 왜, 왜 이러세요?"

　"왜 이러긴……. 애새끼 따위 일에 방해되니 치워 버리려는 것이지."

여인은 심장이 덜컥 내려앉았다. 그간 타카하루가 저지른 만행을 잘 알고 있었기 때문이다.

타카하루는 혈인칠무자 중 가장 잔학한 인물로 아녀자를 겁탈한 다음 팔다리를 잘라 죽이거나 갓난아기의 배를 갈라 내장을 꺼내고 밥을 지어 먹는 것을 즐겼다.

최근 몇 달 동안은 살생이 금지된 탓에 자중하며 지냈는데, 오늘 하루 마음대로 즐기란 스이쟈의 말을 듣고는 다시금 더러운 살심이 동한 것이다.

한데 갑자기 숲 저 너머로부터 아련한 폭성이 연거푸 울렸다.

삽시에 정적이 깃든 광갱 주변.

타카하루가 고개를 돌려 메아리가 들린 쪽을 응시했다.

'방금 그 소리는 뭐지?'

그러다가 재차 고개의 방향을 틀어 멀찍이 자리해 있는 대장 스이쟈를 바라보았다.

스이쟈는 잠시간 생각에 잠기나 싶더니 곧 수신호를 보냈다. 그 뜻을 읽은 타카하루는 신속히 왜구 둘을 호명해 명을 내렸다.

"아무래도 이상하다. 가서 알아봐라."

두 왜구는 서둘러 무성한 수풀을 헤치고 사라졌다.

그 순간, 여인이 자신의 아이를 되찾기 위해 손을 뻗

었다. 하지만 타카하루는 발길질로 여인의 배를 세게 걷어차 버렸다.

"아악……!"

"이 망할 년, 잠자코 있어!"

신경질적인 외침이 끝나자마자 앞서 왜구 둘이 향한 수풀 너머로부터 피분수가 허공을 찌를 듯 높이 치솟았다.

'아니?'

타카하루의 독안(獨眼)이 한껏 커진 찰나, 시뻘건 마기에 휩싸인 천공이 수풀을 헤치고 나와 맹렬히 쇄도했다.

비쾌한 경공술, 혈해유영비.

'앗!'

질겁한 타카하루가 왜도를 뽑았지만 이미 천공의 일권이 가슴팍을 엄습하고 있었다.

퍼어억!

육중한 권격에 의해 갓난아기를 손에서 놓친 타가하루의 신형이 뒤로 세게 튕겨 날아가 바위를 들이받았다. 이어 전신 혈맥이 부풀어 올라 터지며 끔찍한 몰골로 즉사했다.

천공은 잽싸게 허공섭물을 펼쳐 갓난아기가 땅에 떨어

지기 직전 자신의 품으로 이끌어 안았다. 동시에 그의 우수가 횡으로 핏빛 궤적을 내뿜었다.

슈카아악—!

공기를 찢는 파공성과 함께 예리한 핏빛 경력이 그 방향 선상에 있는 다섯 왜구의 허리를 모조리 절단시켰다.

오 할 공력의 혈마단섬기(血魔斷閃氣).

눈 깜짝할 사이에 펼쳐진 절륜한 무위 앞에 수십 명의 왜구들은 그 자리에 얼어붙은 듯 꼼짝하지 못했다.

"뭐야, 저 복장은 혈천무회잖아?"

"설마…… 혼자 온 건가?"

"겁도 없이 여기가 어디라고……."

왜구들이 동요해 수군거리는 때, 스이쟈를 비롯한 왜장들이 천공과 일 장 간격을 두고 병풍처럼 도열해 섰다.

스이쟈가 차분한 목소리로 물었다.

"웬 놈이지?"

안광을 번뜩인 천공이 두 주먹 위로 시뻘건 마기를 무럭무럭 파생시켰다.

"너희를 처단하러 왔다."

그 순간 단희연, 승궁인, 광진 그리고 종무린을 위시한 혈천무회가 장내에 나타났다.

종무린을 발견한 스이쟈가 관자놀이로 핏대를 세웠다.

"너는 혈화지왕……."

스르릉, 하며 스이쟈의 왜도가 예리한 나신을 드러낸다.

그것을 신호로 요시토라를 비롯한 왜장, 왜구들도 일제히 왜도를 뽑아 들었다.

천공은 쓰러진 여인을 일으켜 세우며 갓난아기를 건넨 후 노성을 터뜨렸다.

"악업의 대가는 그 피로써 치러라!"

패도적인 기운을 머금은 붉은 기류가 체외로 가닥가닥 피어오르며 번져 나온 찰나.

드드드, 드드드드드……

방원 십 장의 지면이 흔들리며 균열을 일으켰다.

쩌저저저적, 쩌저저저저저적—!

거대한 마기의 압력에 의해 벌건 땅거죽이 해일처럼 휘말려 올라간 순간, 단희연 등도 즉각 일신의 내공을 극성으로 발휘해 무형지기를 발산했다.

한 명도 아닌 여러 명의 초절한 고수가 내뿜은 기운들에 의해 장내 공기가 숨조차 쉬기 힘들 정도로 무거워졌다.

천공이 돌격 자세를 취하며 전음을 보냈다.

[마을 사람들을 부탁한다!]

종무린이 고개를 끄덕이기가 무섭게 천공의 신형이 전
방으로 나아갔다.

목표는 스이쟈.

"어딜!"

일갈한 요시토라가 신속히 운신해 그 행로를 가로막더
니 왜도를 횡으로 그었다.

천공도 물러서지 않고 마주 주먹을 뻗었다.

횡단하는 도날과 화살처럼 쏘아진 핏빛 권세가 그대로
충돌하자 엄청난 아지랑이가 대기로 번졌다.

퍼어어엉—!

"크흑!"

짤막한 신음과 함께 요시토라의 몸이 뒤로 튕겨져 심
하게 흔들렸다. 상대의 힘을 제대로 감당하지 못한 탓이
다.

보법으로 멀찍이 물러선 스이쟈가 그 장면을 보며 자
못 놀라워했다.

'허어! 요시토라가 저리 쉽게 밀리다니…….'

발을 굴려 삼 보 내외로 간극을 좁힌 천공이 두 주먹
을 상하로 휘돌리며 강하게 내질렀다. 그러자 붉은 권영
(拳影)이 돌개바람처럼 무수히 쏟아져 나왔다.

후우우웅, 후우우우우웅—!

화려함으로 무장한 권식, 혈라구궁연환권(血羅九宮連環拳).

요시토라는 시계를 그득 메운 권영들에 맞서 왜도를 놀렸지만 이내 손속이 어지러워졌다.

그사이 단희연, 승궁인 등이 나머지 왜장들을 덮쳐 갔고, 종무린과 혈천무회도 두려움에 떨고 있는 마을 사람들을 구하기 위해 왜구들을 공격했다.

스이쟈는 돌연 호각 하나를 꺼내 힘껏 불었다.

삐이이이이익—!

동시에 광갱 반대면의 작은 동굴에서 일백여 구의 강시들이 구름처럼 몰려나왔다.

슬며시 반월을 그리는 스이쟈의 입술.

'혈화지왕, 어리석구나. 혈천무회에 이름 모를 고수 몇 명이 추가되었다고 해서 이 많은 강시들을 극복할 수 있으리라 여겼더냐?'

그런 그의 표정은 너무나도 느긋했다.

강시들 숫자에 의해 상대가 먼저 지치게 될 것이라고 확신하고 있었으니까.

강시 떼의 가세로 전장이 한층 복잡해진 가운데, 단희연은 멸혼회무검법을 시전하며 두 자루 왜도를 다루는 땅딸보 왜장 겐지를 강하게 몰아붙였다.

쩌저정, 쩌저저정—!

연거푸 울리는 금속성과 함께 겐지는 체내로 스미는 단희연의 내력에 의해 심맥이 진탕되었다.

내상의 증거로 입가에 검붉은 선혈이 끊임없이 흘렀다. 이대로 가다간 십 합조차 버티기 힘들 것 같았다.

'크윽! 저 계집…… 아무래도 혈심육왕의 무력을 상회하는 듯싶다!'

단희연이 끝을 낼 요량으로 막대한 공력을 검에 주입한 순간, 다수의 강시들이 사방을 포위해 사납게 달려들었다.

'칫, 모조리 없애 주마!'

그녀는 망설이지 않고 최대 공력을 폭사시켰다.

일신의 절초, 표풍난검무.

날카로운 풍성을 안고 생성된 광대한 검기의 회오리는 공방을 동시에 수행하며 겐지는 물론 지척으로 육박한 강시들까지 전부 참륙해 버렸다.

같은 시각, 승궁인 역시 선풍신법과 연계한 장세로 똥보 왜장 도시오를 저승길로 보냈다.

곧바로 십여 구의 강시들이 원진(圓陣)을 만들어 쇄도했지만 개방 최강의 절기 중 하나인 구풍폭렬장이 접근을 용납하지 않았다.

쿠아아아아아아―!

폭발하듯 사방으로 내뻗치는 장력에 의해 머리통이 부서진 강시들이 일제히 삼사 장 밖으로 날아가 지면에 퍽! 쑤셔 박혔다.

그때, 저편에서 웅혼한 불력이 서린 금빛 기파가 요란한 파형을 일으켰다.

다름 아닌 광진이다.

금강저를 움킨 그의 발아래엔 심장을 꿰뚫린 털보 왜장 시게노리의 시신이 헝겊처럼 너부러져 있었다.

왜장들을 무찌른 단희연, 승궁인, 광진은 숨 고를 여유도 없이 강시들을 노려 고강한 공세를 펼쳤다. 여력 따윈 두지 않을 생각으로 매 손속에 극성의 내공을 실어 보냈다.

한편 천공과 맞서던 요시토라도 앞서 타카하라와 똑같이 혈맥이 터져 나가며 비참한 죽음을 맞았다.

그 광경을 본 스이쟈가 붉게 충혈된 눈으로 어금니를 악물었다.

'제기랄! 저것들…… 이제 보니 여간내기가 아니구나!'

하지만 비장의 수가 남아 있다.

그것은 바로 은밀히 숨겨 둔 혈정강시들.

스이쟈가 일순 호각을 길게 불자 멀지 않은 동혈로부터 혈정강시 서른 구가 빠르게 쏘아져 나와 그 앞쪽에 대열을 갖춰 섰다.

천공이 걸음을 떼 스이쟈와 혈정강시가 자리한 쪽으로 향하며 말했다.

"그것이 네 마지막 방패인가?"

"후훗. 일신의 무력이 제법이다마는…… 혈정강시들 앞에선 통하지 않아."

스이쟈의 비아냥에 천공은 대꾸조차 없이 혈신마라공 고유의 발현 마기를 정수리 위로 띄워 올렸다.

ㅊㅊㅊㅊㅊ…….

시뻘건 핏물을 뒤집어쓴 마신의 형상.

돌연 혈정강시들이 저마다 겁에 질려 몸을 떨며 괴성을 질렀다.

"으어어어……!"

"으아아, 으아아아!"

"끼아아아악!"

스이쟈의 두 눈이 급격히 커졌다.

'아니, 귀물이 두려움을 느껴? 이, 이게 도대체…….'

예의 마신 형상이 안개처럼 정수리로 이끌려 사라진 찰나, 천공의 안광이 살기를 토했다.

"자비 따윈 베풀지 않겠다!"

그렇게 쌍수를 내뻗자 두 줄기 마기가 거대한 마귀의 손으로 화해 맹렬히 쏘아져 나갔다.

혈마라상지은현공(血魔羅上肢隱現功).

혈조여왕도 감당하지 못했던 혈신마라공의 사대절기.

콰악, 콰과곽—!

혈정강시 여섯 구가 순식간에 혈마라상지은현공의 좌우 손아귀에 사로잡혔다.

그와 동시에 천공이 손을 힘껏 오므리자 길게 연결된 시뻘건 마수도 덩달아 움직여 혈정강시들의 몸을 쥐어 터뜨리듯 상하로 끊어 부수었다.

"공격해라! 어서!"

스이쟈가 성난 외침을 발했지만 혈정강시들은 한층 공포에 질려 주춤주춤 뒷걸음질 쳤다.

'이런 개 같은 경우가……!'

호홀지간 두 번째 혈마라상지은현공이 시전되었고, 다수의 혈정강시들이 별 저항도 못한 채 재차 죽어 쓰러졌다.

천공이 발로 지면을 밀며 쏘아져 나갔다.

쾌속한 운신과 함께 십 보 거리로 육박한 신형. 뒤이어 강맹한 내공이 실린 두 주먹이 혈라구궁연환권을 전개했다.

후우우웅, 후웅, 후우웅—!

지맥의 힘을 무력화시키는 본맥의 장엄한 권경 앞에 혈정강시들은 모조리 가슴에 커다란 구멍이 뚫려 전멸하고 말았다.

그 직후.

ㅊㅊㅊㅊㅊㅊ…….

강제된 사술로부터 해방된 혈정강시들 몸에서 핏빛 기류가 뿜어져 나와 거대한 혈무(血霧)로 화하더니 천공의 체내로 모조리 흡수되었다.

스이쟈는 그 괴현상을 접한 순간 등골이 오싹했다.

'저, 저건 또 뭐지?'

그때, 천공의 뇌천 위로 붉은 고리가 선명히 떠오르다 곧 사라졌다.

공력 단계의 상승.

불과 몇 호흡의 짧은 시간 동안 칠성의 영역에 도달한 것이다.

천공의 남다른 하단전은 무려 서른 구의 혈정강시가 토한 마력을 여유 있게 포용했다. 그엔 물론 일전 육성에 이르렀을 때 삼분지 이 가까이 확장된 기로의 역할이 가장 컸다.

'됐다!'

천공은 방대한 내력이 굳게 자리 잡고서 꿈틀대는 것을 느끼며 주먹을 불끈 쥐었다. 그런 주인의 의지에 충만한 마기가 기맥을 따라 세차게 맥동했다.

스이쟈의 두 눈이 즉각 짙은 살기를 내뿜었다.

'살려 둬선 안 될 위험한 놈이로군!'

땅이 푹 팰 정도로 발을 세게 굴려 전진하는 스이쟈다.

그 난폭한 전진과 더불어 기다란 왜도가 위에서 아래로 세찬 궤적을 그렸다.

쐐애애애액!

거친 기도와 어울리지 않는 더없이 매끄러운 도세.

사스케의 독문 도법 천패일도류에 못지않다는 상파일도류(相破一刀流).

도기를 머금은 칼날 앞에 천공도 질세라 우수를 놀려 혈마단섬기를 토했다.

쩌어엉, 쿠하아앙!

우렁찬 굉음에 이어 스이쟈의 신형이 뒤로 촤아아악! 미끄러져 길고 깊은 족흔을 남겼다.

"크윽."

비록 반탄지력에 밀리긴 했지만 외상은 피했다.

무리의 대장답게 확실히 여느 왜장들과는 다른 무력

이다.

'고강하구나. 그래도 이 정도면…….'

예의 충격이 견딜 만했는지 스이쟈의 눈동자 위로 일순 자신감이 깃들었다.

스이쟈는 숨을 고르기가 무섭게 지면을 박차고 나아가 천공을 향해 일신의 절기를 연이어 뿌렸다.

슈하아악, 쐐애액, 부우웅―!

광풍참(狂風斬), 쇄월참(碎月斬), 천붕참(天崩斬) 등등 상파일도류가 자랑하는 상승 비전 참격이 쉴 새 없이 춤을 췄다. 한데 천공은 공세를 맞받지 않고 회피하기만 했다.

무슨 이유일까.

스이쟈의 마지막 참격이 천공의 어깨를 찍어 누른 순간, 비로소 의문이 해소되었다.

키이잉!

반탄지력에 의해 도로 튕겨져 나간 스이쟈의 왜도.

"윽!"

손목에 통증을 느낀 스이쟈는 잽싸게 뒤로 거리를 벌리며 믿을 수 없다는 표정을 지었다.

'저럴 수가! 칼에 상하지 않는 몸이라니……! 설마 도검불침의 강시란 말인가?'

천공의 몸은 현재 금강불괴지체를 완성해 나가고 있는 상태. 그러한 사실을 스이쟈가 알 리 만무했다.

외호금강경의 힘, 비단 그것뿐이 아니다.

칠성 수위와 함께 금강불괴의 두 번째 단계 내보금강경(外保金剛境)의 묘용도 일부 손에 넣었다.

천공이 눈을 번뜩이며 나지막한 음성을 흘렸다.

"네 공력으론 무리다."

일격을 몸으로 받아 상대로 하여금 두려움을 느끼게 만드는 것. 다름 아닌 그것이 천공의 의도였다.

지난 세월, 마을 사람들이 느꼈을 큰 두려움을 고스란히 되돌려 주고 싶었다.

그의 금강불괴지체는 아직 불완전했다. 이제 겨우 사할의 요체를 터득했을 따름이다.

내보금강경을 완벽히 만들려면 팔성, 그리고 마지막 단계인 심지금강경(心支金剛境)은 십성 수위가 되어야 온전한 힘을 발휘하는 게 가능했다.

그럼에도 불구하고 현재 스이쟈의 힘으론 불완전한 금강불괴지체조차 손상시킬 수 없다는 의미였다. 승궁인이나 단희연 정도의 내공 수위였다면 또 모를까.

"닥쳐라!"

애써 두려움을 억누른 스이쟈가 신경질적으로 왜도를

빠르게 그었다.

횡단의 기세로 발출된 시퍼런 도기.

하나 천공은 마기의 권경이 아닌 맨주먹으로 그 도기
를 무참히 쇄파해 버렸다.

거대한 공포가 스이쟈의 전신을 옥죄어 왔다.

'노, 놈은 괴물이다! 절대 이길 수 없어!'

상대의 압도적인 신위에 전의를 상실한 듯 왜도의 자
루를 검쥔 손이 미약한 떨림을 자아냈다.

천공이 체외로 광대한 핏빛 기류를 퍼뜨리며 말했다.

"두려운가?"

스이쟈는 정신이 홀린 듯 저도 모르게 고개를 주억였
다.

쿠쿠쿠쿠쿠쿠…….

천공이 발산한 무형지기의 압력에 의해 지면이 요동을
치며 괴성을 지른다.

스이쟈는 내공을 모조리 끌어 올려 전신을 짓누르는
힘에 대항했다. 그래도 버거운지 몸을 지탱하는 두 다리
가 눈에 띄게 흔들렸다.

천공의 안광이 한층 짙은 살기를 담았다.

"그간 너희 손아귀 아래 고통 받던 선량한 사람들의
절망감 따윈 생각해 본 적도 없겠지!"

내력을 실은 꾸짖음에 스이쟈는 가까스로 정신을 차렸다.

'일단 몸을 뺀 다음 사스케 님께 보고를……'

그는 더 생각할 것도 없이 신형을 뒤돌려 달아나려 했다. 하지만 어느새 단희연이 나타나 그 퇴로를 차단해 섰다.

"제 목숨 귀한 줄은 아는구나!"

대갈을 토한 그녀의 검이 유령선영을 내뿜자 스이쟈도 이를 으물고 마주 왜도를 휘둘렀다.

차차차차차차창—!

따가운 금속성, 그리고 마구 파생되는 불꽃.

폭발하듯 번져 나오는 검력을 감당하지 못한 스이쟈의 몸에 어지러운 검상이 아로새겨졌다.

"어흐윽……"

단희연은 곧장 검날을 눕혀 유령회비까지 시전했다.

카카캉, 카카카캉!

곤충의 날갯짓을 연상시키는 화려한 검기 앞에 스이쟈의 왜도는 갈피를 잡지 못한 채 괴로운 비명만 질렀다.

'으윽, 이 계집 역시도 만만치 않은……!'

칼날을 통해 스미는 단희연의 공력이 스이쟈의 기맥을 헝클어 놓았다.

좌악, 좌아악!

선혈 줄기가 솟구치는 소리.

양 어깨에 깊은 검상을 입은 스이쟈는 그만 왜도를 놓치고 말았다. 땅에 떨어진 왜도가 쩔그렁! 하며 서럽게 울었다.

신형을 비척대며 신음을 흘린 그의 뒤로 불현듯 시뻘건 그림자가 어렸다.

그것은 곧 죽음의 그림자다.

머리끝이 쭈뼛 선 스이쟈가 힘겹게 고개를 돌리니 피에 굶주린 마귀의 무리가 사납게 몰려오고 있었다.

파파파파파파—!

천공의 신형을 중심으로 부챗살 펴지듯 여러 마귀의 형상으로 변모한 분신 같은 잔영들.

혈마군림보.

순식간에 거리를 압축한 천공이 그대로 스이쟈의 정면을 덮쳤다.

*   *   *

파하앙!

경쾌한 파공성이 터짐과 동시에 서야상의 바로 옆쪽에

있던 큰 바위가 으깨져 사위로 비산했다.

바로 혈장웅왕이 발한 장공(掌功)이었다.

늪 기슭의 울창한 숲으로 든 두 사람은 일 장 남짓한 간격을 두고 대치한 채 호흡을 골랐다.

혈장웅왕이 날선 기감으로 다른 기척이 없음을 간파하곤 피식 웃음을 흘려보냈다.

"무어냐, 일부러 유인하는 듯해 기대하고 따라왔더니……."

예상과 달리 아무런 매복도 없자 허무하단 뜻이다.

서야상이 붉은 머리칼을 쓸어 넘기며 꾸짖듯 말했다.

"장차 그 악업의 대가를 어찌 감당하려고 그러죠? 하늘이 두렵지도 않아요?"

"후훗. 지난 몇 년간 본궁의 눈을 피해 잘도 도망 다니더니, 이제 와서 설교나 하려고 나타난 것이냐? 궁내에 몰래 너희를 돕는 무리가 있음을 알고 있다. 이렇듯 갑자기 모습을 드러낸 것도 밀정을 통해 사스케 님께서 출타 중이시란 정보를 입수했기 때문일 터. 하나 그렇다고 너희가 당장 무엇을 할 수 있으랴."

"우리가 무엇을 할지 두고 보면 알게 될 거예요."

"배신자 주제에 허세는……. 그래, 이참에 물어보마. 너희는 무슨 이유로 그토록 본궁의 뜻에 반하는 게지?

사부의 유지를 받든다는 시답잖은 변명은 집어치우고 솔직하게 말해 봐라."

"이상한가요?"

"이상하다마다. 너흰 단순히 강시 제조만 반대하는 것이 아니라 살인 자체를 거부하고 있잖으냐. 마심 따윈 일찌감치 지워 버렸다는 듯이."

"맞아요. 우린 마심을 깨끗이 지웠어요."

"뭣?"

"당신들은 까맣게 몰랐겠죠. 과거 우리의 두 분 스승님께서 기연으로 불도의 심법을 성취하셨다는 사실을……."

일순 혈장웅왕의 눈썹이 꿈틀 실그러졌다.

"불도의 심법을 익혀? 허, 미친 소리로군! 불과 마는 상극이라 결코 어우러질 수 없거늘!"

냉소한 서야상이 고개를 가로저었다.

"상극의 속성을 상쇄하는 고절한 심법이에요. 직접 익혀 보지 않으면 그 위대함을 절감하기 힘들죠."

혈장웅왕은 이내 살기를 드러내며 나지막한 목소리를 발했다.

"어쩐지……. 너희가 애초 은종의 권능에 불복한 것도 그 때문이었나. 크훗, 그 점이 늘 의문스러웠는데."

비로소 모든 게 이해가 된다는 표정이다.

"도망친 연놈이 마인이기를 포기한 이상, 본궁의 미래를 생각해서라도 죽여 없애는 편이 나으리라!"

혈장웅왕이 으름장을 놓았지만, 서야상은 절대 그러지 못하리란 것을 잘 알고 있었다.

"두 가지 진전의 명맥을 끊기게 만들고 싶거든 어디 그렇게 해 봐요."

실상 지맥을 지탱하는 여섯 종의 마학은 책으로 남겨진 것이 아닌 구전의 구결이라 그 전승자가 아니면 습득할 수 없었다.

그것은 혈마맥 지맥의 정체성을 이루는 핵심 요소다. 혈정강시는 어디까지나 차선의 전력일 뿐, 주 전력은 여섯 가지 진전이므로.

때문에 구천혈궁 내 강경파는 아직까지 어린 제자를 두지 않고 있는 종무린과 서야상을 함부로 죽이기가 힘든 입장이었다.

잠시간 침묵하던 혈장웅왕이 의구심을 안고 물었다.

"한데…… 그런 중요한 비밀을 서슴없이 말하는 저의가 궁금하군. 속셈이 무어냐?"

"본궁, 아니, 구천혈궁의 괴멸이 머지않았으니까요. 죽기 전에 그 정도는 알고 죽어야죠."

서야상의 당찬 목소리에 혈장웅왕이 대소했다.

"하하하, 하하하하! 사람을 웃기는 재주가 있구나. 마심을 버리더니 정신까지 어떻게 된 것이냐?"

"우습나요? 미안하지만 괴멸의 징조는 이미 나타나기 시작했어요. 그 증거로 얼마 전 혈조여왕이 죽임을 당했죠."

흠칫한 혈장웅왕의 안색이 차갑게 굳었다. 안 그래도 혈조여왕으로부터 기별이 없어 궁금하던 터였는데.

"그뿐인 줄 알아요? 그녀가 거느리고 있던 혈정강시 열 구도 모조리 사멸했어요."

혈장웅왕이 대성일갈했다.

"갈! 어디서 거짓부렁을……!"

"믿든 안 믿든 그건 당신 자유죠. 어쨌든 내 임무는 여기까지예요."

"쉬이 놓칠 줄 알고!"

고함이 끝나기가 무섭게 사위로부터 열다섯 구의 혈정강시가 기척도 없이 나타났다.

서야상은 당황하지 않았다.

이미 예상했다는 표정.

쉬이익! 하며 그녀가 날린 비수가 가까운 고목 위로 날아가 청색의 큰 벌집을 조각냈다. 동시에 그로부터 푸른 빛깔을 가진 괴이한 말벌 떼가 마구 쏟아져 나왔다.

부우우우, 부우우우우—

화들짝 놀란 혈장웅왕이 체외로 붉은 마기를 이끌어 냈다.

'청마대독봉(靑馬大毒蜂)! 제기랄…….'

침에 쏘이면 눈과 귀가 멀고 심맥이 파열된다는 무서운 독물이다.

호흡지간 서야상은 옆쪽의 넓은 늪지대로 교구를 날렸고, 혈장웅왕은 청마대독봉 무리를 장세로 쳐 죽이며 소리쳤다.

"뒤쫓아! 어서!"

혈정강시들은 즉각 추격을 전개했다.

사삭, 사삭, 사삭.

광활한 늪지대를 마치 땅처럼 밟고 나아가는 서야상의 표홀한 운신. 답설무흔의 경지에 이른 절정의 경신 공부가 그 진가를 발휘했다.

반면 혈정강시들은 갈수록 다리가 늪에 깊숙이 쑤셔 박혀 전진이 더뎠다.

"다들 나와!"

혈장웅왕은 그 외침과 함께 쌍장을 내밀어 내공을 흡자결로 운용했다. 그러자 방대한 핏빛 기류가 소용돌이로 화해 청마대독봉들을 모조리 끌어당기더니 삽시에 가루처럼 분쇄해 버렸다.

혈정강시들이 하나둘씩 늪을 빠져나온 사이, 서야상은 저 멀리로 까만 점이 되어 사라지고 있었다.

'큼! 아무래도 사스케 님께서 자리를 비우신 틈을 노려 모종의 일을 실행하려는 듯한데……. 뭔가 믿는 구석이라도 있는 것인가?

생각에 잠겨 있던 혈장웅왕이 이내 혈정강시들을 보며 명했다.

"일단 본궁으로 귀환하자."

21장.
본진(本陣)으로

"이 은혜는 죽을 때까지 잊지 않겠습니다!"

"우릴 가엾게 여긴 하늘이 마침내 신인(神人)을 보내신 모양입니다!"

"아이고, 감사합니다! 정말 감사합니다!"

비로소 자유를 되찾은 마을 사람들이 저마다 기쁨의 눈물을 흘리며 고마움을 표했다.

물론 희생자가 없진 않았다. 왜구 무리는 둘째 치고 강시들 숫자가 워낙 많았던 탓이다. 심지어 혈천무회에서도 십여 명의 부상자가 나왔다.

하나 광진을 비롯한 상위 고수들이 내공을 아끼지 않고 종횡무진 활약한 덕분에 피해를 최대한 줄일 수 있었다. 특히 천공이 상대하기 어려운 혈정강시들을 본맥의 힘으로써 단숨에 제압해 버린 것이 가장 주효했다. 만약 그런 천공이 없었다면 내공 분배에 애를 먹었을 것이다.

인원을 정비한 천공 일행은 다치고 지친 마을 사람들을 엄호한 채 서둘러 광갱을 떠났다.

이틀 후, 날이 어둑어둑해진 무렵.

천공 일행과 마을 사람들은 안전하게 혈천무회의 근거지인 고묘 앞에 당도했다.

무리의 서두에 있던 천공이 먼저 입구 통로로 발을 들인 찰나, 어둠 저편에서 누군가가 불쑥 튀어나오며 매서운 검기를 쏘았다.

슈카아악—!

파공성을 동반한 육중한 검력.

천공은 잽싸게 이 보 뒤로 몸을 뺐고, 예의 검기는 뺨을 아슬아슬하게 스쳐 옆 벽면에 기다란 금을 새겼다.

쩌저적!

'웃, 일류 검수다!'

안력을 돋운 천공이 전방을 주시한 순간 날카로운 기운을 머금은 검날이 재차 쇄도해 들었다.

좌에서 우로 빠르게 횡단하나 싶더니 돌연 수직으로 꺾이는 급변의 검세.

찰나지간의 놀라운 변용이다.

천공은 강맹한 일권으로 검기를 쇄파한 후 신속히 경
공술을 펼쳐 도로 고묘 밖으로 나왔다.

'저 검식은 설마⋯⋯?'

직후, 정체 모를 검수도 비룡처럼 운신해 입구 밖으로
나와 우뚝 섰다.

그제야 상대의 얼굴을 확인한 천공이 반색해 외쳤다.

"자네⋯⋯!"

"엇! 천공?"

불청객은 다름 아닌 동방휘였다.

미처 생각지도 못한 조우.

승궁인이 환한 표정으로 달려가 그를 얼싸안았다.

"아하하하! 세상에, 이렇게 반가울 때가 있나! 네가
잘못됐을까 봐 얼마나 걱정했다고!"

동방휘가 마주 환한 미소를 보냈다.

"나도 마찬가지입니다, 승 형."

"녀석, 보아하니 다친 데는 없는 듯싶군. 건데 어떻게
탈출한 거야?"

"운이 좋았지요. 말하자면 깁니다."

곧이어 단희연과 광진도 차례로 인사말을 건넸다.

짧게 인사를 나눈 동방휘가 이내 한옆에 자리한 혈천

무회를 보며 의아한 눈길을 보냈다.

혈화지왕 종무린이 대표로 나서 정중히 두 손을 모았다.

"동방 공자, 그리 경계할 필요 없습니다. 우린 저 패악한 구천혈궁과 뜻을 달리하니까요."

동방휘는 뇌리로 퍼뜩 와 닿는 바가 있었다.

'아! 그럼 저들이 바로 하후 태가주께서 말씀하셨던······.'

그제야 마음을 놓은 그가 곁의 승궁인을 향해 말했다.

"아무튼 내 예상이 틀리지 않았네요. 승 형이라면 틀림없이 천공을 찾아 도움을 청하리라고 여겼습니다."

승궁인이 걸쭉하게 웃으며 그의 어깨를 툭 쳤다.

"우린 이미 호형호제하는 사이야. 또 서로 많은 비밀을 공유하고 있지."

"훗, 좋군요. 마령옥을 이용해 찾았습니까?"

"마령옥은 더 이상 천 아우에게 반응하지 않아. 광진 스님께서 그 못된 노마두를 가두어 버리셨거든."

"예?"

"우리 역시도 말하자면 길어. 자, 자! 일단 자리를 옮겨 이야기 나누자고."

                    *   *   *

　구천혈궁 내 중앙 건물의 별실.

　작은 탁자를 두고 혈장웅왕과 마주한 혈영권왕이 흥분
해 소리쳤다.

　"해인칠무자, 혈정강시들까지 전부 진멸해 버렸다고?"

　고개를 끄덕인 혈장웅왕은 광갱 일대의 참혹하던 광경
을 자세히 설명해 준 다음 서야상과의 만남도 털어놓았
다.

　그의 이야기가 끝나기가 무섭게 혈영권왕의 동공이 짙
은 살광을 토했다.

　"이 씹어 죽일 계집 같으니…… 어디서 감히 본궁의
괴멸을 운운해! 큼, 자네가 보기엔 어떤가?"

　혈장웅왕이 낯빛이 차갑게 가라앉히며 말을 받았다.

　"필시 연관이 있다. 두 연놈이 꾸민 일임이 틀림없
어."

　"사스케 님께 보고를 드려야 하지 않겠나?"

　"내 이미 전령을 보냈네. 여하간 혈조여왕이 죽은 것
도 모자라 동방휘마저 놓쳐 버렸으니…… 차후 문책을
면하긴 힘들 것이야."

　"아직 단정하긴 이르지. 혈조여왕의 시신을 발견하기

전까진 본궁을 배신한 연놈의 말을 곧이곧대로 믿을 수 없어."

"그래도 사스케 님께서 귀환하시기 전까지 어느 정도 대비는 해 두어야 마땅하네."

"함정에 빠졌던 두 먹잇감과 정체 모를 여검수가 설마 혈천무회와 접촉해 결탁한 것은 아닐까?"

혈장웅왕은 대꾸하지 않았다. 그 침묵은 곧 그러한 가능성 역시 배제할 수 없다는 뜻이다.

관자놀이를 지그시 누른 혈영권왕이 읊조리듯 말했다.

"예전 도침이 말하기를 광진의 실력은 중원 상위 고수들과 어깨를 나란히 하는 수준이라고 했는데, 어쩌면 그 자가 업화신검을 되찾기 위해 진두지휘하고 있을 수도……."

"서른 구의 혈정강시와 일백 구의 일반 강시를 모조리 죽일 정도라면 광진과 같은 고수가 최소한 열 명은 있어야 하네. 하나 그럴 가능성은 전무하지. 분명 우리가 모르는 다른 무언가가 있어."

"제기…… 궁금해 미치겠군. 그나저나 연놈이 미치지 않은 이상 정면 승부를 벌이진 않겠지?"

"제아무리 전력을 강화했다고 한들…… 본궁의 총 전력을 상대하기란 무리일 터. 아마 기습 따위를 통한 각개

격파의 형태로 우릴 괴롭히려는 속셈일 것이야."

순간 두 눈을 빛낸 혈영권왕이 탁자 모서리를 내리쳐 부수며 나지막이 으르렁댔다.

"기습이든 뭐든 어디 해볼 테면 해보라지! 차후 사스케 님께서 독각혈망의 내단을 취해 돌아오시면…… 제깟 것들이 과연 그 무력을 감당이나 할 수 있으랴."

바로 그때, 문 너머로 인기척이 들리나 싶더니 젊은 여인의 목소리가 들렸다.

"조향량(朝香凉)입니다. 급히 보고 드릴 것이 있어 들렸습니다."

혈영권왕이 소매를 가볍게 떨치자 무형지기에 의해 문이 좌우로 열려 젖혔다. 그러자 푸른 치마를 두른 이십대 여인이 안으로 발을 들였다.

조향량, 그녀는 다름 아닌 혈조여왕의 제자였다. 또한 혈조여왕 휘하 혈녀회(血女會)의 수석이기도 했다.

"무슨 일이냐?"

"금일 새로운 실험 재료들이 덫에 걸렸습니다. 일견 무위가 상당한 자들 같았다고 합니다."

"몇 명이냐?"

"도합 넷입니다."

"좋군. 그나저나 네 사부는 여전히 연락이 없느냐?"

"그, 그게…… 수색조를 보냈지만 아직까지……."

"더 이상 기다리기 힘들구나. 지금부터 혈조여왕의 권한을 대행해 혈녀회를 움직이는 것을 허락한다. 네게 일임할 테니 알아서 운반해 와라."

조향량이 공손히 두 손을 모으며 혈영권왕의 명을 받들었다. 그러자 혈장웅왕이 명을 보탰다.

"그리고 나선 김에 혈조여왕의 행적도 다시 파악해 보도록. 만일을 대비해…… 혈정강시도 딸려 주마."

"예."

*   *   *

고묘 지하에 마련된 작은 밀실. 그 바닥에 둘러앉은 천공 일행의 대화는 어느덧 막바지에 이르러 있었다.

"……그래서 구천혈궁 밖으로 탈출할 수 있었던 것이지요. 하후 태가주께선 정말 둘도 없는 의인이셨습니다."

그렇게 이야기를 마친 동방휘는 침중한 낯빛으로 눈을 내리깔았다.

"난 살 만큼 살았어! 이제야 비로소…… 스스로 목숨을 끊을 용기가 생겼네!"

하후양의 마지막 전성이 아직도 귓가를 맴돈다.

그는 고인이 된 하후양이 긴 세월에 걸쳐 인견 취급을 받았다는 사실만은 함구했다. 한때 금도하후세가를 이끌었던 가주로서의 명예를 지켜 주고 싶었기 때문이다.

종무린과 서야상 또한 자신들이 구천혈궁을 떠나기 전까지 하후양이 어떤 삶을 살았는지 잘 알고 있었으나 짐짓 입을 닫았다. 이젠 사자(死者)가 되어 버린 하후양을 배려하는 그 숨은 마음을 십분 헤아렸던 것이다.

조용히 눈을 감았다 뜬 동방휘가 다시 말을 이었다.

"밖을 나온 당시엔 상황이 정말 급박했습니다. 적의 추격도 추격이지만 개정대법의 영향으로 엄청난 고통이 엄습해 정신을 차리기가 힘들었으니까요. 아무튼 가까스로 정신을 유지하며 밤새 숲을 헤집고 나아가 통이 틀 무렵 겨우 적당한 곳을 찾아 다시 하루를 보냈는데, 이튿날이 되자 다행히 전신을 괴롭히던 고통이 말끔히 사라졌습니다. 그리고 하단전의 내공도 크게 증가했지요."

승궁인이 돌연 동방휘의 맥문을 짚고 진기를 돌려 그 체내를 살피다가 감탄했다.

"와, 대단하군! 대체 공력이 얼마큼 늘어난 거야?"

"거의 십 년 이상 분의 내공을 새로이 얻었습니다. 하후 태가주께서 남기고 가신 소중한 유물인 셈이지요. 이 힘을 바탕으로 반드시 란을 구출해 낼 겁니다. 어르신의 사의(死義)를 헛되이 만들지 않기 위해서라도 반드시……."

동방휘는 결연한 눈빛을 발하며 속으로 거듭 하후양의 명복을 빌었다.

승궁인이 그런 동방휘를 다독이며 물었다.

"우릴 찾으려고 밀림을 헤매던 중 우연히 이곳을 발견한 건가?"

"예. 몸도 마음도 지친 상태라 휴식이 필요해 잠깐만 머물 요량이었는데, 이렇듯 다들 만나게 되었으니 하늘이 도왔나 봅니다."

동방휘는 그 말과 함께 천공 쪽으로 눈길을 돌렸다.

'천공이 설마 혈마맥 본존의 힘을 계승했으리라곤 짐작조차 못했어. 불공과 마공을 조화시키다니, 역시 소림사는 위대하구나. 그가 함께한다면…… 란을 구해 내는 것도 시간문제이리라.'

천공이 그 속내를 읽은 듯 입을 열었다.

"우리 함께 힘을 모아 서 소서를 구해 내자고. 다 잘될 것이네. 수백이든 수천이든 지맥의 힘은 결코 본맥에게 위협이 될 수 없으니까."

잠자코 있던 광진이 불쑥 입을 열었다.

"변수가 있다면 오직 하나, 사스케란 존재이지. 그가 귀환하기 전에 하루빨리 궁을 급습하는 게 좋을 듯싶구먼."

종무린과 서야상도 차례로 말을 보탰다.

"사스케가 마침 은종을 맡고 떠났다 하니, 수뇌부를 제압하는 즉시 은종을 빼앗아 부숴 버리도록 하지요. 그럼 일은 의외로 쉽게 끝날 것입니다."

"만약 사스케가 이무기를 죽이고 내단을 취하는 데 성공한다면, 일신의 무력이 어느 정도로 강해질지 짐작하기 어려워요. 그전에 미리 궁을 장악해야 돼요."

단희연이 문득 궁금증이 일어 물었다.

"사스케란 자…… 평소 실력은 어느 정도였죠?"

그러자 종무린이 바로 말을 받았다.

"글쎄요. 한계점을 드러낸 적이 없어 정확히 가늠하긴 힘들지만…… 해인칠무자의 스이쟈와 비교하면 하늘과 땅의 차일 것입니다. 참고로 과거 혈조여왕과 혈영권왕이 은종의 힘에 굴복하기 전 한 차례 대결을 벌였는데, 두 사람 다 삼십 합을 넘기지 못하고 패했지요."

단희연은 내심 놀라워했다.

'아무래도 광진 스님에 못지않은 고수인 듯싶어. 그

상태로 독각혈망의 내단까지 복용하게 된다면 여간 골칫거리가 아니겠는걸. 이무기의 내단이 정확히 어떤 효능을 발휘하는지 알지 못하잖아.'

그러다가 이내 천공의 얼굴을 바라보았다.

동시에 앵두 같은 입술이 희미한 미소를 그렸다.

'훗. 그래, 우리 곁엔 천 소협이 있잖아. 그 무시무시한 천마존을 상회하는 무력을 가진 천 소협이……. 사스케 따위가 감히 그를 넘볼 순 없을 거야.'

현재 천공의 공력은 칠성 수위.

광진은 물론이고 심계에 봉인되어 있는 천마존마저 아래로 굽어보는 가공할 힘이다.

사스케가 혈마맥의 마인이 아니기에 본맥과 지맥의 종속적인 이점을 가질 수 없다고 하더라도, 설령 이무기의 내단을 복용해 공력이 상승한다더라도, 지금의 천공이라면 너끈히 감당해 내리라.

단희연은 그렇게 생각했다. 아니, 확신했다.

그녀의 믿음에 보답하듯 천공이 단호한 눈빛으로 입을 열었다.

"사스케가 같은 날 나타날 것을 대비해 구천혈궁으로 드는 즉시 지맥의 힘을 흡수해 공력을 증강시킬 계획입니다. 비록 하단전을 향하는 기로가 완벽히 열리진 않았

으나, 지금의 상태만 유지하면 팔성, 구성 수위는 물론이
고 십성 수위까지도 바라볼 수 있을 것입니다."

그런 다음 종무린과 서야상을 향해 일렀다.

"앞으로 둘의 역할이 클 것이다. 타락할 대로 타락한
수뇌부는 살려 두지 않을 생각이지만, 그 밑의 사람들은
충분히 개선의 여지가 있을 터. 그러니 일이 끝나거든 광
명무상심법으로 그들이 마심을 버리고 선인의 길을 갈
수 있게끔 잘 인도하라."

천공은 가급적 살계를 삼가며 멸마가 아닌 복마의 길
을 실천하고 싶었다.

조사 무허가 남기고 간 가르침, 복마의 도.

그것으로 말미암아 살계를 범하는 것만이 능사는 아니
라 여겼다.

무허법사는 광명무상심법을 통해 그 묘용을 증명했다.

혈천무회가 그랬듯 궁내에 머무는 사람들도 충분히 개
화될 수 있다고 천공은 믿었다.

광진은 그런 천공을 보며 흐뭇한 미소를 지었다.

'허헛. 비무량심(悲無量心:보살이 자비심으로 중생을
제도하여 해탈의 기쁨을 얻게 하려는 한없는 마음)을 떠
올렸는가. 저 젊은 무승이 새삼 나를 돌아보게 만드는구
나.'

＊   ＊   ＊

소림사 북쪽의 참회동.

이곳을 감독하는 천문은 긴 통로를 지나 맨 끝에 자리한 독방의 자물쇠를 열었다.

'어이구, 내 저럴 줄 알았지!'

그는 차가운 바닥에 대자(大字)로 드러누워 코를 드르렁드르렁 골고 있는 천중을 보며 혀를 끌끌 찼다.

"냉큼 일어나지 못할까!"

호통이 떨어지기가 무섭게 두 눈을 번쩍 뜬 천중이 우람한 상체를 벌떡 일으켰다. 그러곤 천문을 보더니 입맛을 다시며 투덜댔다.

"에이, 모처럼 단잠에 빠졌는데……."

"저, 저……! 명색이 십팔나한이 어찌 사람 기척조차 못 느낄 정도로 그리 자빠져 자고 있느냐!"

"천문 사형, 새삼스럽게 왜 그러십니까? 제가 이런 게 하루 이틀도 아니고. 아하암……."

천문은 하품을 늘어지게 깨물어 삼키곤 배를 북북 긁는 그를 보며 고개를 절레절레 흔들었다.

"아미타불. 석가세존이시여, 부디 저 중생을 용서하시

옵소서. 계율원주께서 지금 네 모습을 보셨다면 당장에 장형(杖刑:곤장으로 볼기를 치는 형벌)을 내리셨을 것이야."

"껄껄껄, 까짓것 맞으면 되지요. 그런다고 죽는 것도 아닌데 말입니다."

천문이 아무런 대꾸가 없자 천중은 조금 미안했는지 서둘러 벽을 보고 참선의 자세를 갖췄다. 그때, 천문의 낯빛이 일변했다.

"천중."

더없이 진중한 목소리.

천중의 시선이 이끌리듯 천문의 얼굴로 향한다.

"왠지 평소와 다르군요. 무슨 일입니까? 천문 사형."

"방금 전 장문 방장님께서 징벌을 잠시 보류하라는 명을 내리셨느니라. 물론 계율원주께서도 그에 동의하셨고."

"예? 갑자기 왜……?"

"십팔나한 전원이 소집되었다."

천중이 뜻밖이라는 표정으로 물었다.

"설마 다른 세력이 도전장이라도 내민 것입니까?"

"그게 아니다. 나한전주(羅漢殿主)를 비롯한 십팔나한은 금일부로 장문 방장님을 수행해 종남산(終南山)으로 향하게 될 것이야."

"종남산……? 그렇다면 종남파(終南派)에서 모종의 회동이라도 갖는 겁니까?"

"그곳에서 구파 장문인 총회가 열릴 예정이라 들었다. 총회를 주도한 사람은 다름 아닌 곤륜파 장문인이고."

천중은 심상치 않은 느낌을 받았다. 아니나 다를까, 천문이 바로 말을 이었다.

"곤륜파가 입수한 정보에 의하면 마의 무리가 본격적으로 움직이기 시작했느니라. 그 마의 무리란…… 다름 아닌 육대마가이지."

"천마교가 사라지자 비로소 송곳니를 드러내려는 모양이군요. 본사를 비롯해 다들 그 정도는 예상한 바가 아닙니까? 방비만 잘하면 함부로 설치긴 힘들 겁니다."

"글쎄, 듣자하니 그들이 이미 중원에 은밀히 침투해든 것 같다고 하더구나. 나도 자세한 내용은 모른다."

잠시간 말이 없던 천중이 문득 탄식을 자아냈다.

"안타깝군요. 항마조가 건재했다면 지금쯤 육대마가도 모조리 쓸어버렸을 텐데……."

그러다가 천문을 보며 물었다.

"천공으로부턴 아무런 기별이 없지요?"

천문이 잠깐 뜸을 들이다가 대답했다.

"있었다."

뜻밖의 소리에 천중이 두 눈을 휘둥그레 떴다.

"저, 정말입니까?"

"그래. 얼마 전, 천공의 자필 서신이 당도했다. 속가 제자 조진류로 하여금 포강현에 사는 송유요란 의자를 돕도록 허락해 달라는 내용이었지. 물론 장문 방장님께선 옛 제자의 청이라 흔쾌히 승낙하셨느니라."

천중은 입가에 희미한 미소가 맺혔다.

'훗, 파문당한 주제에 오지랖은……. 분명 제 몸 안 사리고 곤궁에 처한 사람을 도운 것이겠지.'

안 봐도 빤한 일.

천공의 성품은 그 누구보다 친우인 자신이 잘 안다.

'여하간 그 녀석, 흑선이 머무는 곳을 아는 눈치였어. 그래, 어떻게든 만나라! 만나서 반드시 힘을 되찾도록 해!'

천공에 대한 그의 믿음은 확고했다. 비록 막연한 믿음이지만, 천공이라면 분명 해답을 찾을 수 있으리라 여겼다.

예전 한 마을에 이르러 천공과 헤어지기 직전 나누었던 대화가 불현듯 뇌리를 스쳤다.

"잊지 마, 넌 언제까지나 본사의 제자란 것을. 네가 없는 소림사는 단 한 번도 상상해 본 적 없어."

"천중……."

"지금의 역경을 딛고 반드시 돌아와라."

"그래. 반드시……."

눈빛, 표정, 목소리, 그 모든 것이 아직도 어제 일처럼 느껴지는 천중이다.

그때, 천문이 발한 목소리가 상념을 깨뜨렸다.

"파문당한 친우 걱정은 접어 두고, 어서 떠날 채비나 하거라. 다들 밖에서 기다리고 있다."

*　　　　　*　　　　　*

지하의 널따란 원형 석실.

벽면에 몸을 기대고 앉은 범조가 팔락팔락 부채질을 하며 낮게 투덜댔다.

"시벌…… 캄캄해서 아무것도 안 보이는군! 대체 어떤 새끼가 이런 함정을 설치해 놓은 거야?"

한옆에선 백혼, 흑혼이 묵직한 철퇴로 벽을 마구 두드리고 있었다.

쾅, 쾅, 쾅, 쾅—!

범조가 신경질적으로 소리쳤다.

"이 개새끼들, 시끄러워! 힘이 남아돌아? 그렇게 백날 쳐 봐야 소용없어! 단순히 무력으로 부술 수 있는 돌이 아니야!"

그러자 곁에 자리한 사오량이 칼자루를 만지작거리며 서늘한 눈빛을 토했다.

"정령독무를 뿜도록 설계한 것으로 보아 조만간 적이 나타날 거야. 아마 우리가 기절한 줄 알고 있을 테니까. 그때 모조리 죽여 버리자고."

"이히힛. 그냥 다 죽이면 재미없지."

"뭐?"

"이 함정을 만든 세력, 그 정체가 궁금하지 않아?"

"그렇긴 하지. 한데?"

"본진을 방문해 보자는 뜻이야. 신비괴림 내에 숨어 은밀히 힘을 키우고 있는 세력이라면 마도일 가능성이 크니까."

"가만, 너 설마 우리가 찾는 마인과 연관이 있다고 생각하는 거냐?"

"십중팔구! 게다가 그놈이 무리의 우두머리일 가능성도 있잖아."

범조의 말에 사오량도 구미가 당겼다.

"정말 그렇다면…… 일이 꽤 재미있을 것 같군. 훗."

"이봐, 난쟁이. 천마교가 사라진 이상 본 연맹을 함부로 대할 마도 세력 따윈 전무해. 그러니 우리가 두 가문의 대표가 되어 이 정체불명의 세력을 손에 넣어 버리는 거야. 이히히힛. 시벌, 본가 이름만 들어도 오줌을 지릴걸?"

"네 말마따나 세력을 통째로 포섭한다면 아버지께서도 크게 기뻐하실 테지."

바로 그때, 가까운 벽 너머로 희미한 기척이 들렸다.

범조, 사오량 등은 즉각 자리에서 일어나 그 방향으로 시선을 고정했다.

드르르륵…….

둔탁한 소리와 함께 벽면이 열리며 환한 빛이 쏟아져 어둡던 내부를 밝혔다.

뒤이어 여인 넷이 안으로 발을 들이다가 말짱한 범조 일행을 발견하곤 뾰족한 외침을 터뜨렸다.

"앗!"

범조의 짧은 명.

"일단 치워."

동시에 흑혼, 백혼의 철퇴가 막대한 경력을 내뿜었다.

쿠아아아아아!

번쩍이는 백색 마기 앞에 여인들은 피투성이가 되어 뒤로 세게 튕겨져 날아갔다.

백혼과 흑혼이 석실 밖을 나가자 일 장 앞에 혈녀회 이십여 명이 넓은 통로를 가로막고 있었다. 그리고 그 뒤론 소복 차림의 강시 열 구가 자리해 섰다.

뒤따라 나온 범조가 히죽 웃으며 말했다.

"흐으, 계집들 천지로군."

사오량이 어느새 범조의 옆을 지나쳐 나아가며 검날을 횡으로 내그었다.

달빛을 머금은 섬뜩한 검기의 파도.

대월신마검법 제삼장(第三章), 진혼(鎭魂)의 초, 월광 단류검파(月光湍流劍波).

그 기운에 휩쓸린 혈녀회 오 인(五人)의 허리가 작두질을 당한 듯 절단되었다.

"물러서라! 보통 강적이 아니다!"

누군가의 외침에 십여 명의 회원들은 신속히 보법을 밟아 신형을 물렸고, 대신 후방에 있던 강시 열 구가 전면으로 나섰다.

지면을 차고 돌진한 백혼, 흑혼의 철퇴가 사납게 육박해 드는 강시 둘의 몸통을 맹렬히 두들겼다.

쩡, 쩌엉!

금속성이 터지며 늑골이 으스러진 두 강시가 벽면에
등을 들이받았다.

사오량도 질세라 월광단류검파를 시전해 광범위한 검
세를 펼쳐 놓았다.

쩌저정, 쩌저저정—!

검력과 충돌한 강시들은 저마다 쇳소리를 터뜨리며 이
삼 장 뒤로 나가떨어졌다. 하나 그것도 잠시, 강시들은
상처를 입은 몸을 벌떡 일으켜 세웠다.

흑혼과 백혼이 의아한 표정을 짓는 찰나, 사오량이 그
정체를 파악했다.

"뭐야, 강시였어?"

뒤쪽에 선 범조의 입술이 싸늘한 미소를 머금었다.

"히힛. 시벌, 재미있네. 느닷없이 강시 무리라니."

혈녀회 중 하나가 날카롭게 소리쳤다.

"전부 죽여 버려!"

강시들이 일제히 신형을 날린 순간, 범조가 비대한 몸
에 어울리지 않게 번개처럼 쏘아져 나가며 부채를 휘둘
렀다. 그러자 열 가닥의 새하얀 마기가 백골 형태로 화해
강시들을 모조리 휘감았다.

슈슈슈슛, 슈슈슈슈슛!

지상의 널따란 풀밭.

아름드리 고목 아래에 서 있던 조향량은 지하 내부에서 소란스러운 소리가 연속적으로 울리는 것을 감지했다.

'음?'

그런 그녀 곁엔 혈녀회 오십여 명과 혈정강시 다섯 구가 자리해 있었다.

조향량은 지면 한옆에 마련된 장방형의 지하 출입구를 바라보다가 이내 명을 내렸다.

"왠지 이상하구나. 한번 가 봐라."

혈녀회 회원 둘이 대답과 함께 신속히 출입구의 사다리를 타고 아래로 사라졌다. 그 직후, 피보라가 일며 방금 전 내려갔던 두 회원이 머리가 잘린 채 높이 솟구쳐 이내 땅을 나뒹굴었다.

뒤이어 지상으로 모습을 드러내는 인영들.

범조, 사오량, 백혼과 흑혼.

구천혈궁의 상위 고수답게 조향량의 판단은 빨랐다.

"진을 갖춰라!"

혈녀회는 즉각 좌우로 늘어서며 반월 모양의 진을 형성했다. 반면 혈정강시들은 바람막이처럼 조향량 앞을 엄호하고 섰다.

범조가 눈을 번뜩이며 비웃었다.

"더러운 암내나 풍기는 암캐들 따위가 감히······."

네 마인은 누가 먼저랄 것도 없이 농후한 마기를 체외로 내뿜었다.

조향량은 일순 불길한 예감에 사로잡혔다.

'숨이 막힐 만큼 지독한 마기다! 저들, 설마······ 새외마도 출신······?'

입아귀를 실룩인 범조가 부채를 촤라락! 접었다. 그러자 지하 출입구로부터 강시들이 튀어나와 범조 일행의 등 뒤에 도열했다.

"이 강시들, 미안하지만 내가 전부 접수했어. 히힛."

"그, 그게 무슨······."

당황한 조향량이 손짓을 보냈지만 예의 강시들은 꿈쩍도 하지 않았다.

'이럴 수가······! 모조리 저자에게 종속되었단 말인가!'

그 모습을 본 범조가 이기죽거렸다.

"왜, 놀라워? 하기야 네깟 년들은 감히 상상조차 할 수 없는 비술(秘術)이지."

"놈! 주둥이가 더럽구나!"

발끈한 조향량은 일신의 내공을 최대한으로 끌어 올렸다. 그러자 교구 위로 붉은 기류가 일렁이며 양손의 손톱이 무려 한 자 가까이 길어졌다.

혈조여왕을 사사한 철조의 혈마력.

돌연 범조의 낯빛이 일변했다.

"옳아, 처음 강시를 봤을 때부터 긴가민가했는데……
네년의 그 기운을 접하니 이제 확실히 알겠군."

"뭣?"

"괘씸한 쌍년들, 너희 전부 혈마맥의 지맥이지?"

흠칫한 조향량의 동공이 큰 파문을 일으켰다. 자신들
정체를 안다는 것은 곧……

"유, 육대마가?"

"그래, 내가 바로 천환마가의 적통이다."

범조의 말에 조향량은 물론이고 혈녀회까지 크게 동요
하기 시작했다.

사오량이 혀로 칼날을 핥으며 싸늘히 웃었다.

"후훗. 구천혈궁이 여태껏 명맥을 유지하고 있을 줄이
야. 진작 눈치챘어야 했는데……. 이거 뜻밖에 대물을
낚게 생겼는걸."

"쳐라!"

조향량의 명에 혈정강시들과 혈녀회가 맹렬한 기세로
진격해 나갔다.

"좆같은 년들!"

대갈한 범조가 부채를 펴 휘두르자 백골 형태의 마기가 발출되어 단숨에 혈정강시들을 덮쳤다.

미혼술(迷魂術) 백귀명소환공(白鬼命召幻功).

그 미증유 마력에 이끌려 일시에 동작을 정지해 버린 혈정강시들.

동시에 사오량이 검극을 지면에 쑤셔 박자 그 신형 주위로 거센 바람이 일며 소름끼치는 예기가 번져 나왔다.

대월신마검법 제구장(第九章), 승천(昇天)의 초(招) 광사무극(光射舞劇).

검날을 따라 화산이 폭발하듯 솟구친 광대한 검기가 허공을 격해 수십 개로 나뉘더니 사위를 압박해 드는 혈녀회를 휩쓸어 나갔다.

좌라라락, 좌라라라락—!

대기에 난무하는 검기의 춤사위.

잇달아 터져 나오는 단말마의 비명.

바람결에 실려 콧속으로 스미는 역겨운 혈향.

사오량이 시전한 검초는 인세의 기예라 할 수 없을 정도로 경이로웠다.

이윽고 무거운 정적이 찾아들고…….

일대 풀숲은 무참히 참륙당한 시신들로 인해 지옥도(地獄道)로 변해 있었다.

범조가 홀로 생존한 조향랑을 바라보며 말했다.

"개 따위가 호랑이를 상대로 이빨을 드러내면 어찌 될까? 난 잘 알지. 갈기갈기 찢겨 뒈져. 지금 여기 죽어 자빠진 년들처럼."

"으윽. 어…… 어서 끝내라."

"시벌, 끝내긴 뭘 끝내! 앙!"

조향랑의 뺨을 휘갈긴 범조가 만면에 짙은 살기를 띠었다.

"자, 안내해라. 구천혈궁의 본진으로……. 이제부터 우리가 새 주인이 될 것이다."

*   *   *

잠운곡.

태곳적 신비를 간직한 대원시림 중심부의 곡지.

사스케는 기다란 왜도를 허리에 찬 채 이끼 낀 나무와 바위가 가득한 길을 나아가고 있었다. 그리고 후방엔 삼렬 종대를 이룬 수많은 인원이 머리 위로 어마어마한 칼한 자루를 이고서 뒤를 따르는 중이었다.

길이가 무려 일백오십 척에 달하는 잿빛의 칼은 다름 아닌 이무기를 베기 위해 대량의 공마괴철을 녹여 제작한 병기였다. 완성하는 데에만 자그마치 이 년 이상이 걸렸다.

반 시진 후, 일행 앞에 늪지와 어우러진 광활한 호수 하나가 나타났다.

비로소 걸음을 멈춘 사스케가 뒤를 슬쩍 보며 호명했다.

"함술(咸述)."

그러기가 무섭게 검붉은 경장의 무인 한 명이 재빠른 걸음으로 옆에 다가와 섰다.

혈류각왕(血流脚王) 함술.

붕각(崩脚)의 혈마력을 계승한 자.

올해로 서른여덟 살인 함술은 혈영권왕과 더불어 사스케로부터 두터운 신임을 받는 인물이었다.

혈류각왕이란 칭호처럼 그는 강력한 위력을 자랑하는 각법이 주 무공이었는데, 일신의 재능은 단지 각법에 국한되지 않았다.

어릴 때부터 무공에 천재적인 소질을 보여 온 그는 과거 혈라대군이 있던 시절 포로로 붙잡힌 고수들을 적극 이용해 검법과 도법을 깨우쳤으며, 나아가 그 두 무학을 동시에 쓸 수 있는 경지에 이르렀다. 지금 등 뒤로 검과 도를 매달고 있는 것도 그러한 이유였다.

성취는 거기서 끝이 아니었다.

혈라대군이 죽은 후 사스케가 궁을 차지한 때부터는 그의 은밀한 안배로 파권, 쇄장, 철조의 혈마력마저 자신의 것으로 만들었다.

원래 전승자가 아니면 알 방도가 없는 구전 구결을 사스케가 은종의 힘을 빌려 얻어 내었고, 그것을 고스란히 함술에게 주었던 것이다. 그만큼 사스케는 오성이 남다른 그를 특별히 여겼다.

본맥의 후인도 아닌데, 그렇듯 지맥의 여러 진전을 한 몸에 지닐 수 있다는 것은 실지 일백 년에 한 번 나올까 말까 한 놀라운 재능이었다.

하나 이 세상에 완벽이란 없는 법.

함술에게도 부족한 부분이 있었으니, 그것은 바로 바로 내공이었다.

종이가 물을 빨아들이듯 새로운 무학을 습득하는 능력은 혈심육왕 중 단연 으뜸이었으나, 그 내공 수위는 일이 보 뒤처지는 수준이었다.

특히 지맥의 심법만 가지곤 다른 여러 가지 무공을 펼치는 데 한계가 따랐다. 각 무공마다 본바탕이 되는 심법과 속성이 다르기 때문에 다른 종류의 무학의 묘용을 완전히 깨우쳤다고 해도 본 위력을 십분 발휘하기 힘들단 뜻이었다.

사스케는 이무기의 내단 복용을 통해 얻을 힘으로 그 부분을 고쳐 주고자 했다.

"혈라대군이 남긴 책의 내용이 사실이라면…… 독각혈망의 내단이 가진 묘용을 통해 네 공력도 증가하게 만들어 줄 수 있을 것이다. 그러면 너는…… 육인의 전승자들 가운데 하나가 아닌, 독보적인 지위의 후인으로서 자리매김할 수 있으리라."

사스케의 말에 함술이 감격한 듯 고개를 깊이 숙였다.

"배려에 그저 감사할 따름입니다."

"훗, 그 인사는 이무기를 죽인 후에 받도록 하지."

그때, 지축을 흔드는 소리와 함께 온갖 새들이 하늘로 까맣게 날아올랐다. 곧이어 사방 여기저기 숨어 있던 짐승들도 서로 뒤엉키어 호변을 따라 마구 도망쳤다.

일행 앞으로 승냥이 떼가 우르르 몰려오자 함술이 즉각 검과 도를 빼 양손에 검쥐었다.

"놔둬라."

사스케의 명에 함술이 도로 병기를 갈무리한 순간, 승냥이 떼는 일행을 본체만체하며 그 옆을 지나쳐 숲 저편으로 사라졌다.

미소를 지은 사스케가 읊조리듯 말했다.

"이제 곧 독각혈망이 나오려는 모양이다."

그 말이 끝나기가 무섭게 지면이 진동하나 싶더니 호수의 물결이 마구 출렁였다.

함술이 즉각 일행을 향해 외쳤다.

"혈우회(血雨會) 전원은 임전 태세를 갖추라!"

그 명에 따라 거대한 칼을 머리 위로 인 무리의 좌우로 혈우회원들이 둥글게 포진했다.

츄아아아아아아악—!

우렁찬 물줄기가 허공으로 솟구치며 어마어마한 크기의 붉은 이무기가 모습을 드러냈다.

철갑 같은 비늘에 날카로운 이빨과 손톱, 기광이 넘실거리는 한 쌍의 눈, 그리고 작은 동굴처럼 쩍 벌린 아가리와 머리 위로 우뚝 솟은 하나의 뿔. 머리부터 꼬리까지 그 길이만 삼십삼 장 남짓이다.

범인은 물론이고 고수의 능력으로도 도저히 감당할 수 없을 듯한 압도적인 위용이었다.

사스케가 내기를 운용하며 왜도를 빼어 들었다.

"독각혈망…… 다시 봐도 대단하군."

두 눈 위로 흥광을 번뜩인 독각혈망이 호변에 자리한 사스케 일행을 향해 포효했다.

크아아아아아아앙—!

자신을 해치러 온 무리임을 직감한 걸까.

독각혈망이 꼬리를 휘젓자 광대한 파도가 일대 공간을 사납게 뒤덮었다. 이에 사스케가 도기를 쏘아 시계를 어지럽히는 파도를 날려 버리며 외쳤다.

"기회는 한 번뿐!"

독각혈망은 즉각 날카로운 이빨을 세운 채 집채만 한 머리를 아래로 사납게 처박았다. 그대로 모조리 집어삼켜 버리려는 듯이.

함술을 필두로 혈우회 전원이 손속을 놀려 강맹한 경력을 한꺼번에 발출하자 퍼어엉! 하는 파공음과 함께 독각혈망의 고개가 뒤로 크게 꺾였다. 하지만 상처 따윈 일절 보이지 않았다.

'과연 전설의 괴물······!'

함술은 경이로운 표정으로 일신의 공력을 최대로 이끌어 냈다.

육중한 일격에 화가 난 독각혈망이 다시 먹잇감을 향해 머리를 처박은 순간, 함술과 혈우회가 재차 일제히 경력을 토해 공세를 막았다.

흥분한 독각혈망이 괴성과 함께 발을 들어 내려쳐 찍으려 하자 드디어 사스케가 나섰다. 그는 무형지기로 거대한 칼을 띄워 일행 머리 위로 맹렬히 낙하하는 발을 쳐

냈다.

쩌어어어엉!

고막을 찢는 금속성이 울린 찰나, 독각혈망이 갑자기 몇 번의 뒷걸음질로 거구를 옮겼다. 자신의 힘을 무력화하는 무언가를 감지한 까닭이었다.

사스케의 입술에 비릿한 조소가 맺혔다.

"훗, 어차피 짐승일 뿐. 사람의 머리를 따를 순 없지."

이무기는 하늘의 용이 되고자 긴 세월을 인고하는 신물이었다. 만약 타락한 마물이나 독물이었다면 제아무리 다량의 공마괴철을 녹여 만든 병기라 해도 아무런 영향을 받지 않았으리라.

함술 등이 동시에 독각혈망의 머리를 노려 집중적으로 경력을 쏘아 보냈다.

퍼펑, 퍼버벙, 팡, 퍼어엉……!

사방에 메아리치는 요란한 폭음. 비록 상처를 입힐 순 없지만 시야를 어지럽히기엔 충분한 공세였다.

그사이 사스케가 체내 내공을 모조리 거대한 칼로 주입해 허공섭물의 수법으로 횡단시켰다.

부우우우우웅!

풍성을 동반한 가공할 참격.

칼날과 부딪친 독각혈망의 목에서 불똥이 튀며 커다란

비늘이 우수수 떨어져 나갔다.

사스케는 한 번 더 허공섭물을 이용해 칼을 휘둘렀다. 이번엔 칼날이 살을 찢고 제대로 쑤셔 박혔다.

푸우욱──!

독각혈망이 고통에 몸부림치자 호수가 범람해 주변 거목들을 마구 쓰러뜨렸다. 하나 사스케는 예의 파도를 고스란히 받으며 마지막 참격을 준비했다.

"용이 되어 승천하기 전에 그 목을 잘라 주마!"

외침과 끝나기가 무섭게 가공할 무형지기에 이끌린 거대한 칼날이 아지랑이를 흩뿌리며 독각혈망의 목을 갈랐다.

투하아악……!

*   *   *

정오를 넘긴 무렵, 고묘 근방의 고요한 풀숲.

단희연은 가부좌를 틀고서 조용히 운기조식을 행하고 있었고, 한옆엔 천공이 편한 자세로 나무에 등을 기대고 앉아 유령검법 비급을 탐독하는 중이었다.

단희연은 현재 기존의 내공심법이 아닌 새로운 내공심법을 운용하고 있었다.

실지 그녀의 내공 수위는 대환단으로 인해 생전의 멸절검모 이향금은 물론이고 개방과 청룡동방세가의 후계자인 승궁인, 동방휘를 능가하는 수준이었다. 이대로 발전을 거듭하고, 또 비약적인 깨달음을 얻는다면 수 년 내에 광진마저 너끈히 뛰어넘을 것이 분명했다.

하나 멸혼회무검법만 가지곤 당장의 내공을 십분 활용하기가 어려웠다.

화려하고 웅장한 그림을 그리고자 하는데, 그것을 담아낼 종이가 작은 이치랄까.

유령검법은 강호 역사를 통틀어 최상위에 속하는 검학. 그런 유령검법이라면 막대한 내공을 최대로 활용하는 것이 가능하리라.

소위 검식에 구애되지 않고 마음먹은 대로 베고자 하는 것을 벤다는 전설의 경지 심검합일(心劍合一)에 이르지 않는 이상에야 유령검법 터득은 필수였다.

사부 이향금으로부터 배웠던 내공심법만 가지곤 명백히 한계가 있었으므로 현 상태에 걸맞은 다른 상승 내공심법이 필요했다.

하단전에 갈무리되는 내공의 양이 늘어난 만큼 축기의 속도도 한층 빨라져야 싸움에 임할 때 힘을 효율적으로 계산해 쓸 수 있을 텐데, 기존 내공심법엔 그러한 묘용이 없었다.

내공을 소모한 후 운기조식으로 다시 하단전을 충만하게 만들려면 예전에 비해 너무나 많은 시간이 소요되는 실정이었다.

실상 유령검법 비급은 복잡한 검초의 구결만 나열되어 있을 뿐, 내공심법과 관련한 구결 따윈 전무했다.

유령검후 진설아는 홀로 무공을 창안하고 연마한 불세출의 여고수였다. 애초 무공 입문부터 다른 누군가를 사사한 게 아니었다.

당연히 내공과 관련한 공부도 스스로 깨우쳤기에 그 방법을 체계적으로 정리하거나 정확한 구결로 남겨 놓지 못했다. 예의 비급에 검초만 기술되어 있고 내공심법이 빠진 이유도 그 때문이었다.

한데 이곳에 와서 비로소 해법을 찾았다.

광명무상심법.

단희연이 행하는 새로운 내공심법이란 바로 그것.

사류와 마류까지 아우르며 융합이 가능하다는 상승 심법이 그녀를 지금 새로운 길로 인도하고 있었다.

물론 천공의 도움이 컸다. 그는 어저께 광명무상심법을 꼼꼼히 읽어 본 다음 단희연에게 필요한 묘용을 따로 추려 가르쳐 주었는데, 그녀 역시도 영민한 무재답게 큰 어려움 없이 그 묘용의 요체를 파악해 내어 머릿속에 새겨 넣었다.

한 식경쯤 지났을까.

몰아지경에 빠져 축기를 행하던 단희연의 눈썹이 미묘하게 움직였다. 그러곤 이내 두 눈을 번쩍 뜨며 나지막한 탄성을 흘렸다.

"와…… 정말 대단해."

천공이 얼른 일어나 그녀 곁으로 가 서며 물었다.

"소저, 내공을 가득 채웠습니까?"

"네! 너무 충만해서 하늘을 날 수도 있을 같아요."

한껏 들뜬 목소리. 별호와 어울리지 않는 환한 미소가 만면에 가득했다.

천공이 마주 미소를 보냈다.

"축기의 시간을 무려 한 시진 넘게 줄였군요. 요령이 생기면 지금보다 더 시간을 단축할 수 있을 겁니다."

"한편으론 씁쓸하네요. 장차 유령검법이 완숙한 경지에 이르면 사부님의 검학을 꺼내 들 일이 드물 것 같아서……."

"자책하지 말아요. 유령검법은 무림사 최고 반열의 검학이라 그에 견줄 수 있는 검학은 손에 꼽을 정도이지요. 비록 멸혼회무검법이 그에 못 미친다고 해도 결코 수준

낮은 검학이 아니니 앞으로 유령검법을 뒷받침할 훌륭한 보조 수단이 되어 줄 겁니다. 이미 소저는 몇 번의 싸움을 통해 그것을 몸소 증명해 보였잖아요."

천공의 말에 단희연은 기분이 좋았다. 내심 그렇게 말해 주길 바란 터였다.

"그나저나 천 소협의 재능에 새삼 놀라게 되네요. 어떻게 광명무상심법 안에서 내게 필요한 부분만 쏙 골라 냈죠?"

"하하, 광명무상심법의 구결은 혜가선도심법과 닮은 부분이 많아 생각보다 어렵지 않았습니다. 소저가 만약 나였어도 능히 깨달았을 겁니다. 아무튼 빠른 성취를 축하해요."

"고마워요. 이제 유령검법의 나머지 검초들을 완벽히 터득하는 일만 남았네요."

"참, 안 그래도 비급을 읽던 중이었는데…… 제삼초 유령각화(幽靈刻花)부터는 연마하는 것이 꽤 어려우리라 생각됩니다. 나도 현재 삼분지 일 정도만 해석했을 따름이니까요."

"그게 어딘가요. 정말 천 소협이 없었다면 난……."

단희연이 말꼬리를 흐린 찰나, 인기척과 함께 광진이 나타났다.

"여기 있었구먼. 다들 준비를 마쳤네."

천공이 주먹을 불끈 쥐며 호기롭게 고개를 끄덕거렸다.

"예. 모두 함께 힘을 모아 서 소저를 구하고 업화신검을 되찾도록 하지요."

세 사람이 고묘 앞에 이르렀을 때, 종무린과 서야상이 처음 보는 한 무리의 사람들과 마주하고 있는 것이 보였다. 게다가 승궁인과 동방휘도 그 곁에 자리해 심각한 표정을 짓고 있었다.

낯선 그들은 다름 아닌 구천혈궁 내에 머물며 혈천무회를 은밀히 돕던 밀정이었다. 무슨 일인지 급하게 도망쳐 나온 기색이 역력했다.

천공 등이 가까이로 온 순간 승궁인이 급히 입을 열었다.

"아우, 서두르는 것이 좋겠어. 현재 사스케가 없는 틈을 타 새외 마인들이 구천혈궁을 장악했다고 하네. 그것도 단 하루만에."

"예?"

"저들 보고에 의하면 천환마가와 월영마가의 마인들이라는군."

놀란 천공의 두 눈이 기광을 뿜었다.

'육대마가가 이곳에……?'

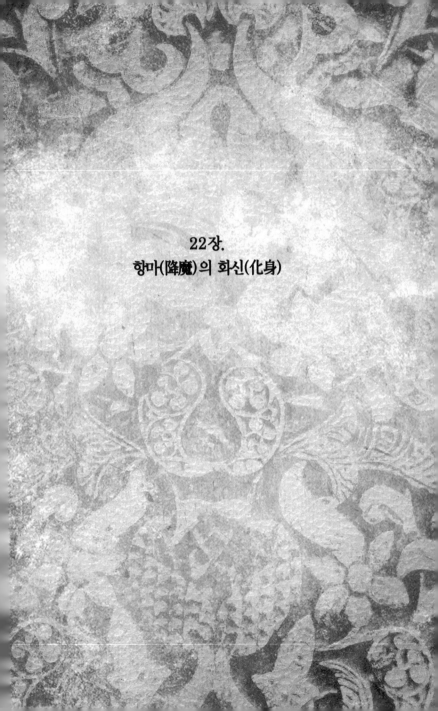

22장.
항마(降魔)의 화신(化身)

환한 햇살 아래, 숭월검자 사오량은 오층 누각에 올라 궁내 전경을 시야에 담으며 소성을 발했다.

　"후훗. 한낱 왜놈 따위가 이곳의 주인 노릇을 하고 있었단 말이지? 그 새끼 면상이 궁금하군."

　그런 그의 등 뒤엔 혈영권왕과 혈장웅왕이 나란히 시립해 있었다.

　사이한 힘을 발휘하는 은종은 이미 범조가 빼앗아 부숴 버린 상태였다.

　그로 인해 모든 금제가 풀렸지만 혈영권왕과 혈장웅왕은 감히 대항할 엄두조차 내지 못했다.

　당연한 일이었다.

상대는 육대마가, 그것도 가내 하수가 아닌 가주의 혈통을 이은 후인들이었기에.

사오량과 범조의 출중한 무위는 둘째 치고 월영마가와 천환마가라는 그 배경이 두려웠던 것이다. 특히 천환마가에 대한 두려움이 가장 컸다.

과거 육대마가에 의해 구천혈궁이 풍비박산되었을 때, 천환마가는 사혼(死魂)을 맘대로 부리는 마술(魔術)로 강시 부대를 무력화시키며 저력을 과시했다.

범조는 몸소 그 악몽을 재연해 보였다. 그는 자신의 가문에 대한 공포심을 대를 이어 각인시키려는 듯 궁내에 발을 들이자마자 강시 무리를 모조리 제 손에 넣어 수하로 만들어 버렸고, 핵심 전력을 잃은 혈영권왕과 혈장웅왕은 무기력하게 백기를 들고 말았다.

두 왕을 따르는 혈망회(血望會)와 혈랑회(血狼會)와 사백여 명의 남녀 검수들이 있었으나, 그 전력으로 수백 구의 강시들과 대적하기란 무리였다.

사악한 심혼을 홀려 복종하게 만든다는 은종마저 아무런 소용이 없었다. 원 주인인 사스케가 아닌 사람에겐 그 힘을 허락하지 않은 까닭이었다.

그래서 맞서 싸우기보단 항복을 통해 목숨을 보존하는 쪽을 택했다. 또한 멸망의 길에서 가까스로 살아남아 어

렵게 유지해 온 혈마맥 지맥의 명맥을 어떻게든 지키고
픈 마음도 컸다.

하나 구천혈궁의 명운은 이제 범조와 사오량의 손에
달린 상태.

둘이 당장 마음만 먹으면 강탈한 강시 부대를 이용해
지맥을 멸할 수 있기에, 구천혈궁으로선 모든 운명을 하
늘에 맡기는 수밖에 없었다.

혈영권왕과 혈장웅왕은 어서 빨리 사스케가 나타나 주
길 바랐다. 기댈 수 있는 마지막 희망의 빛이었다.

사오량이 고개를 돌려 두 왕을 보더니 속내를 간파했
다는 듯 입꼬리를 씰룩 올렸다.

"왜놈이 어서 와 주길 바라는 거지? 내가 뒈지는 꼴을
싶어서."

두 왕은 어깨를 움찔하며 고개를 숙였다.

"아, 아닙니다."

"저희가 어찌 감히……."

"괜한 기대는 접어라. 은종까지 파괴된 마당에 그 왜
놈이 무엇을 할 수 있을 것 같으냐? 강시들 손에 찢겨
죽는 일만 남았을 뿐."

그때, 범조가 층계를 올라 모습을 드러냈다.

"시벌! 서란이란 년이 하룻밤 새 사라져 버렸어! 궁

밖으로 도망친 건지, 아니면 이 안에 숨은 건지 알 수 없지만."

사오량이 그런 범조를 비웃었다.

"푸홋. 병신, 금제가 풀려 버렸으니 당연한 일이지. 얼마 전에도 한 무리가 도망쳤잖아."

"제길, 오늘 따먹으려고 했는데……. 그나저나 우리가 찾는 놈은 여기에 없어. 설마 잘못 짚은 건가?"

"그것 참 이상하단 말이지. 어이, 네들 중 이십대 사내가 없는 게 확실해? 거짓말하는 건 아니겠지."

혈영권왕이 황망한 얼굴로 대답했다.

"그, 그렇습니다. 사스케와 함께 떠난 혈류각왕과 배신자인 혈화지왕이 저희 중 가장 젊은데, 둘 다 삼십대입니다."

범조가 부채질을 하며 투덜거렸다.

"이놈들 제자일 가능성도 전무하다고. 비록 이십대이긴 하지만 신비괴림 밖으로 나간 적이 없으니까 말이야."

바로 그때, 남쪽 궁문이 폭발하듯 부서져 나가며 굉음을 토했다.

꽈아아아앙—!

궁내로 노도처럼 우르르 밀려드는 인파.

무리의 선두엔 천공이 있었다. 또 단희연, 승궁인, 동방휘, 광진이 바로 뒤에 자리했다.

단숨에 남쪽 일대를 돌파한 일행은 길을 가로막는 인원을 무찌르고 궁내 중앙으로 진입해 널따란 정원을 차지하고 섰다. 뒤이어 종무린과 서야상이 손짓을 하자 두 패로 나뉜 혈천무회가 좌우로 활짝 벌려 서며 진용을 갖췄다.

직후 여러 곳에서 비상종이 울리며 사백여 명의 궁내 전력이 우르르 몰려나와 중앙 정원으로 일제히 달려 나갔다.

멀리서 그 광경을 보던 범조의 눈이 살기를 머금었다.

"얼씨구, 저건 또 뭐야?"

혈영권왕과 혈장웅왕이 나란히 말을 받았다.

"보아하니 혈화지왕과 혈섬요왕이 이끄는 무리입니다."

"어느 정도 예상은 했지만, 설마하니 이렇듯 정면으로 들이닥칠 줄은 몰랐습니다."

사오량이 칼자루를 쓰다듬으며 웃었다.

"훗, 하루살이들 따위가……. 어서 가 봐라!"

명을 받은 혈영권왕, 혈장웅왕은 신속히 누각을 내려와 열을 맞춰 대기하고 있던 혈망회와 혈랑회와 함께 빠르게 내달렸다.

범조는 대뜸 누각 마루 한옆에 놓인 커다란 북을 연달아 세게 쳤다.

둥, 둥, 둥, 둥—!

고성(鼓聲)이 허공에 메아리치기가 무섭게 북쪽 좌우의 건물에서 일반 강시 이백여 구와 혈정강시 일백여 구가 개미 떼처럼 쏟아져 나왔다.

일순 범조의 입가에 짙은 살소가 맺혔다.

"히힛. 뭔가 믿는 구석이 있는 듯싶은데, 그래도 이 많은 강시들을 무슨 수로 감당할 거야?"

사오량이 여유로운 표정으로 범조의 어깨를 툭 두드리며 천천히 걸음을 옮겼다.

"자, 과연 어떤 꼴로 뒈질지 구경이나 하자고."

"이히힛. 시벌, 신비괴림에 오길 잘했어. 재미있는 일이 자꾸 생기니까 신나는걸."

한편, 천공 등은 사방이 탁 트인 정원에 두 다리를 박고 선 채 적이 가까이 다가오기를 기다렸다.

사위에 내려앉은 숨 막히는 정적.

잠시 후, 남녀가 뒤섞인 사백여 명의 검수들이 정원으로 발을 들이며 넓게 포진했다.

그들은 아무런 공세도 취하지 않는 천공 일행을 보며

의아해했다.

그 순간 천공, 광진 등이 하단전의 내공을 이끌어 내자 투명한 무형지기가 한데 어우러져 주변 사물이 마구 이지러져 보였다.

천공 일행의 범상치 않은 기도 앞에 궁내 검수들은 선뜻 공격을 감행하지 못하고 서로 눈치만 살폈다.

본능적으로 상대가 궁내 수뇌부에 못지않은 고수들임을 알아본 것이다. 몇몇은 벌써부터 동요하는 기색이 역력했다.

승궁인이 자신의 곁에 선 동방휘의 얼굴을 보며 물었다.

"은종이 파괴되어 금제가 풀렸다고 했는데…… 그러면 혹시 서 소저가 이곳을 이미 탈출한 건 아닐까?"

"차라리 그랬으면 좋겠습니다."

동방휘의 말이 끝나자마자 뒤쪽의 멀지 않은 곳에서 웬 여인의 뾰족한 외침이 들려왔다.

"휘!"

다름 아닌 독무랑 서란이었다.

붉은 능라의 차림의 그녀는 날듯이 뛰어 동방휘의 품에 안겼다.

"란……! 정말 금제가 풀린 거야?"

"네. 육대마가의 마인이 은종을 파괴해 버린 순간, 은종의 힘이 거짓말처럼 사라졌어요. 그 덕분에…… 어젯밤 몰래 처소를 빠져나와 월담할 기회를 엿보며 숨어 있었죠."

"아아! 다행이야, 정말 다행이야!"

동방휘는 힘주어 서란의 교구를 꽉 껴안았다. 그녀도 격정에 사로잡혀 눈물을 흘리며 동방휘의 뺨을 쓰다듬었다.

흐뭇한 표정을 짓던 천공이 나지막한 목소리로 일렀다.

"휘, 서 소저를 되찾았으니, 어서 이곳을 떠나는 게 좋겠네."

승궁인, 단희연 등도 한목소리로 찬성했다. 하지만 동방휘는 단호히 고개를 가로저었다.

"안 될 소리! 자네와 끝까지 함께할 것이야!"

동방휘의 품을 나와 자세를 고쳐 선 서란이 의미심장한 눈빛으로 천공 일행을 살폈다.

그러다가 구면인 단희연을 발견하곤 의아한 표정을 지었다.

'냉옥검녀가 왜 이곳에……?'

그 표정을 읽은 단희연이 짧게 말했다.

"오랜만이에요. 아, 난 이제 귀검성 소속이 아니랍니

다. 자초지종은 차후 동방 공자를 통해 듣도록 해요."

승궁인이 얼른 말을 보탰다.

"서 소저, 우린 오늘 구천혈궁을 정리하려고 온 겁니다. 여기 있는 사람들 모두 한편이에요. 각자 소개는 나중으로 미루도록 하지요."

강호의 여고수답게 평상심을 되찾은 서란이 피풍의 하나를 건네받아 두르며 결연한 뜻을 내비쳤다.

"저도 돕겠어요!"

자신이 당한 능욕의 빚을 대갚음하고 싶은 것이리라.

"한데…… 강시군을 어떻게 감당하죠? 특히 혈정강시는 일반 강시보다 훨씬 강력해요."

서란이 의문을 표한 순간, 동방휘가 손가락으로 천공을 가리켰다.

"그가 있으니까 걱정할 필요 없어."

서란이 두 눈을 동그랗게 떴다.

"네? 그가 대체 누구이기에……?"

"항마의 화신이지."

호홉지간 적이 모인 자리의 가운데로 길이 열리며 혈망회와 혈랑회를 대동한 혈영권왕, 혈장웅왕이 등장했다.

전면에 나선 혈영권왕은 뒷짐을 지고서 천공 일행의 면모를 살폈다.

'동방휘, 승궁인, 그리고 이름 모를 젊은 놈과 계집 검수라. 금강저를 소지한 저 승려는 보나마나 광진이겠군. 후훗. 어리석은, 혈천무회 따위와 손을 잡다니…….'

그는 살기를 머금은 얼굴로 이기죽거렸다.

"제 발로 사지를 찾아 걸어 들어왔구나. 그래, 너희 연놈이 믿는 구석이 고작 저 몇 명의 고수가 전부인가?"

종무린이 즉각 천공에게 전음을 보냈다.

[저자가 바로 혈영권왕입니다. 그리고 그 곁에 선 자가 혈장 웅왕이지요.]

혈영권왕이 재차 빈정대듯 입을 열었다.

"호기롭게 돌진해 들더니 왜 멈춘 것이냐? 설마 이제 와서 싸울 맘이 사라진 것은 아니겠지?"

주먹을 움킨 천공이 서너 걸음 앞으로 나아가 섰다.

"너희가 한자리에 모이길 기다리고 있었다. 혈영권왕, 일대일로 날 꺾어 보일 수 있겠나?"

"놈, 자못 건방지구나. 그래…… 초장에 한 놈을 조져 기를 죽여 놓는 것도 나쁘진 않지!"

혈영권왕이 송곳니가 드러나도록 씩 웃으며 시뻘건 마기를 체외로 내뿜었다. 그 음침한 기운에 주변의 궁내 무인들이 흠칫 놀라 신형을 물렸다.

질세라 마기를 개방한 천공.

츠츠츠츠츠······.

핏빛 기류가 불꽃처럼 이글거리며 체외로 번져 나오자 혈영권왕의 안색이 일변했다.

'아니! 혀, 혈마맥······?'

난생 처음 보는 자가 동류의 마기를 내뿜고 있다.

그로선 불가해한 일.

한옆에 자리한 혈장웅왕의 반응도 다르지 않았다. 그는 등살에 소름이 돋음을 느끼며 믿을 수 없다는 눈빛을 지었다.

'아! 저자가 혹시 육대마가 놈들이 찾고 있던······?'

별안간 천공이 발산한 기운에 의해 일대 지면이 균열을 일으켰다.

쩌저적, 쩌저저저적—!

곧이어 육중한 마기의 압력이 전방을 덮치자 혈영권왕의 신형이 가볍게 휘청거렸다.

'크윽······.'

그것 하나만으로도 기선을 제압당한 그다.

"정체가 무어냐!"

대갈한 혈영권왕은 극성의 공력을 토해 자신의 어깨를 짓누르는 압력을 가까스로 떨쳐 냈다.

바로 그때.

파밧, 후우우우우우웅―!

지면을 박차고 공기를 가르는 풍성이 터졌을 때 천공은 이미 혈영권왕 정면으로 가 그 가슴팍에 강맹한 우권을 꽂아 넣고 있었다.

혈해유영비와 연계한 단혈회류마황권.

소용돌이치는 권경에 의해 가슴을 방어한 혈영권왕의 두 팔이 무참히 으스러지며 파골음을 연주했다.

공방의 충돌이 파생시킨 파형이 둥그렇게 번진 찰나 천공이 좌권을 내뻗었다.

혈영권왕은 비명을 지를 여유도 없이 본능적으로 퇴보를 밟았지만, 단혈회류마황권의 속도가 더 빨랐다.

꽈드드드득―!

흉골이 부서지는 섬뜩한 음향이 장내에 울려 퍼지고.

"끄허억!"

혈영권왕은 외마디 소리와 함께 무려 오 장 뒤로 튕겨 날아가 바닥에 쓰러져 누웠다. 그리곤 미동조차 없었다.

혈망회 수석이자 혈영권왕의 제자인 금선(金旋)이 신속히 운신해 제 사부의 안위를 살폈다. 그러다가 혈장웅왕을 바라보며 경악성을 터뜨렸다.

"도…… 돌아가셨습니다!"

두 눈을 부릅뜬 혈장웅왕은 비로소 뭔가 일이 크게 잘 못되었음을 깨달았다.

"넌 대체 누구냐? 방금 그것은 분명 혈마맥의 권공! 네가 어떻게 파권의 혈마력을 지니고 있는 것이지?"

천공은 물음을 받지 않았다.

대답 대신 이뤄진 섬광 같은 운신.

혈해유영비가 급속도로 공간을 압축해 나간다.

혈장웅왕은 냅다 쌍장을 놀려 일신의 절기 혈류마장(血流魔掌)을 뿌렸다. 하지만 천공이 좌장으로부터 발출된 핏빛 장력은 혈운마장을 쇄파해 버림은 물론이고 혈장웅왕의 신형 전체를 그대로 덮쳐 버렸다.

퍼어어어엉!

귀를 찢을 듯한 파공음에 이어 붉은 아지랑이에 휩싸인 혈장웅왕이 정원 저편의 바위로 날아가 등을 들이받았다.

"우웨엑!"

각혈한 혈장웅왕은 심맥이 진탕되고 머릿속이 꽝꽝 울려 정신을 차리기가 힘들었다. 게다가 전신의 혈맥이 들끓듯 날뛰어 숨조차 쉬기 어려웠다.

본맥과 지맥의 종속적인 관계를 알지 못하는 서란은 그 모습을 보며 놀라움을 감추지 못했다.

'세상에! 혈장웅왕은 결코 녹록한 고수가 아닌데, 고작 일장을 받고 쓰러지다니……'

방금 천공이 시전한 것은 쇄장의 혈마력의 원류인 혈마거령장(血魔巨靈掌). 혈류마장이 제아무리 고강한 위력을 가진 절기라 하더라도 결국 혈마거령장으로부터 파생된 장법일 뿐이었다.

천공은 쏜살처럼 운신해 힘없이 엎어진 혈장웅왕 앞에 우뚝 섰다. 뒤이어 천공의 쌍수가 발출한 창날 같은 핏빛 마기가 기다랗게 발출되어 혈장웅왕의 등짝에 내리꽂혔다.

푸하아악―!

강맹한 위력에 의해 방원 삼 장의 지면이 움푹 꺼졌고, 등을 관통당한 혈장웅왕은 그대로 혈맥이 부풀어 터지며 숨이 끊기고 말았다.

천공은 두 주먹을 움킨 채 혈망회, 혈랑회를 비롯한 궁내 무인들 쏘아보았다.

그 시선을 접한 적은 감히 덤빌 생각도 못한 채 일제히 삼사 보 뒤로 물러섰다.

단 한 명이 발한 패도적인 기도가 장내 모든 인원을 압도하고 있다.

"지맥의 힘으론 날 이길 수 없다!"

내력이 실린 천공의 외침이 장내를 떨쳐 울린 순간, 종무린이 한 발 앞으로 나서며 말했다.

"저분은 본맥의 힘을 계승한 후인이시다. 그대들 중 마지못해 수뇌부의 뜻을 따른 사람이 적지 않음을 알고 있다. 지금도 늦지 않았으니 우리와 함께하는 것이 어떻겠나!"

그 놀라운 말에 사백여 검수들은 물론이고 혈망회, 혈랑회까지 크게 동요되어 웅성거렸다.

혈망회 수석 금선은 믿을 수 없다는 표정이었다.

'저 젊은 무인이…… 본존의 진전을 이었다고?'

그러다가 혈랑회 수석이자 혈장웅왕의 제자인 엽평(葉平)을 바라보았다.

엽평의 표정 역시도 별반 다르지 않았다.

'허……! 그가 정말로 본맥의 힘을 가졌단 말인가?'

바로 그때, 죽은 혈영권왕의 뇌천에서 시뻘건 기류가 치솟아 천공 쪽으로 이끌렸다. 동시에 혈영권왕의 시신은 목내이처럼 급격히 쭈그러들어 보기 흉하게 변모했다.

천공은 체내로 흡수된 기운을 하단전에 갈무리했고, 곧이어 혈장웅왕의 시신 파편들로부터 발생한 기류마저 자신의 것으로 만들었다.

그 괴현상을 목도한 궁내 무인들은 한층 큰 두려움에 사로잡혔다.

엽평이 발작적으로 목에 핏대를 세웠다.

"다들 정신 차려라! 본궁을 분열시키려는 개수작이다!"

질세라 금선도 제 편을 독려했다.

"우리에겐 강시군이 있는데 무얼 두려워하는 것이냐!"

외침이 끝나기가 무섭게 일반 강시 이백여 구와 혈정 강시 일백여 구가 후방에 나타났다. 그제야 적도 조금 안심하는 눈치였다.

종무린이 답답한 얼굴로 외쳤다.

"엽평, 금선! 지맥의 힘은 본맥에 대항할 수 없음을 아직도 모르겠는가!"

엽평이 들은 척도 않고 손짓을 보냈다. 그러자 혈정강시 넷이 다짜고짜 거리를 격해 내달려 천공의 정면을 노리고 들었다.

순간 천공의 양팔이 빠르게 내뻗쳤다.

슈아아, 슈아아앗―!

한 쌍의 핏빛 마기가 거대한 마귀의 손으로 화해 사납게 진격해 오는 네 강시의 몸을 단숨에 움켜 버렸다.

칠성 수위에 이르러 더욱 강력해진 혈마라상지은현공.

가공할 악력이 예의 강시들을 쥐어 터뜨린 찰나, 천공의 머리 위로 혈신마라공 고유의 발현 마기가 떠올랐다.

돌연 후방의 혈정강시들이 질겁하며 저마다 비명 같은 소리를 내뱉었다. 심지어 슬금슬금 뒷걸음질까지 쳤다.

어지간한 엽평과 금선도 더 이상 평정을 유지하기가 어려웠다.

천공이 죽은 혈정강시들이 토한 기운을 흡수하며 말했다.

"난 회개의 기회를 주고자 한다. 자, 선택하라!"

눈치를 살피던 십여 명의 검수가 이내 천공 일행 쪽으로 걸음을 옮겨 섰다.

그들 행동이 도화선에 불을 댕겼다.

열 명, 스무 명, 서른 명…… 그렇게 투항하는 무리가 속출하더니 금세 패가 갈리고 말았다.

짧은 시간 동안, 이백오십여 명의 검수들이 자리를 옮겨 천공 일행과 함께하리란 뜻을 밝혔다. 총 사백여 명의 인원 중 무려 과반 남짓한 인원이 이동해 버린 것이었다.

비록 그 항복이 진심에서 우러나온 것이든, 천공이란

존재로 인한 두려움에 기인한 것이든, 일단 구천혈궁에게서 등을 돌린 것만으로도 충분히 만족스러운 결과였다.

종무린과 서야상은 흐뭇한 얼굴로 시선을 교환했다.

"두 분 사부님께서 이 광경을 보셨다면……."

"네, 여보. 더없이 기뻐하셨을 테죠. 아니, 지금도 하늘에서 지켜보고 계실 거예요. 오랜 시간 인고하며 참된 길을 걸어온 보람이 있네요."

다시금 무거운 정적에 휩싸인 장내.

천공은 잠시간 적을 응시하다가 입을 열었다.

"나머지는 구천혈궁을 등질 뜻이 없다는 것인가?"

별안간 내력이 담긴 전성이 장내에 메아리쳤다.

[이히힛! 이거 참 흥미롭군. 혈마황의 명맥이 아직까지 이어지고 있었다니…….]

이윽고 범조가 무리를 헤치고 나오더니 천공과 이 장간격을 두고 대면했다. 그 바로 뒤엔 백혼과 흑혼이 엄호하듯 시립했고, 곧이어 사오량도 표홀한 운신으로 범조 옆에 다가와 섰다.

천공이 자신의 일행을 향해 전음을 보냈다.

[진짜 싸움은 이제부터입니다.]

그러자 광진, 단희연 등이 일제히 짙은 살기와 투기를

발산했다.

범조는 면전의 천공과 눈싸움을 벌이다가 히죽 웃었다.

"어이, 네가…… 혈마황의 진전을 이었다고?"

천공은 체외로 시뻘건 마기를 무럭무럭 피워 올리며
반문했다.

"육대마가인가?"

"천환마가라고 들어 봤지? 내가 바로 범조야."

승궁인이 좌우를 보며 읊조리듯 속삭였다.

"범조…… 천환마가의 차남입니다."

그러자 단희연이 나지막한 탄성을 흘렸다.

"아! 저자가 바로 저용마랑……."

범조에 대한 악명은 익히 들은 터였다. 천환마가 내
다섯 손가락에 꼽히는 강자이며 천성이 포악해 사람 목
숨을 우습게 알고, 심지어 인육을 별미로 삼아 즐긴다
는…….

승궁인은 곧 범조 옆에 선 사오량에게로 눈길을 돌렸
다.

'그렇다면 저 난쟁이는 저용마랑의 단짝인 숭월검자가
틀림없군.'

그 시선을 느낀 사오량이 입꼬리를 씰룩 올렸다.

"월영마가의 사오량이라 한다. 훗, 웬만하면 너희와

마주치기 싫었는데 말이지."

천공이 엄엄한 목소리로 물었다.

"목적이 뭐지? 구천혈궁이 잔존해 있음을 알고 완전히 없애기 위해 방문한 것인가?"

범조가 부채질을 하며 고개를 가로저었다.

"틀렸어, 틀렸어. 우린 처음부터 네놈을 만나려고 온 거야. 최근 붉은 마기를 가진 마인이 신비괴림 안으로 발을 들였다는 소문을 접했거든. 그러다가 우연히 구천혈궁을 발견한 것이고."

그 소리에 승궁인은 퍼뜩 감을 잡았다.

"옳아, 낙일맹호가 바로 육대마가의 끄나풀이었군!"

범조는 굳이 부정하지 않았다.

"맞아. 참고로 안평, 그 새끼는 벌써 내 손에 뒈졌어. 그리고…… 너희도 곧 그렇게 될 거야."

단희연이 스르릉! 하는 검명과 함께 검을 가슴 앞으로 곧추세웠다.

"누구 마음대로!"

범조가 아랑곳 않고 천공을 보며 말했다.

"이봐, 본격적으로 판을 벌이기 전에 하나 묻자. 혈마황의 진전을 이은 녀석이 무엇 때문에 구천혈궁을 분열시키려는 거지? 혈마맥 부흥이 목표라면 의당 지맥 세력을 보존해야 마땅한 법이잖아."

"세상의 마는 모두 나의 적이다."

천공의 단호한 음성에 칼을 뽑아 든 사오량이 고개를 갸웃거렸다.

"철장신풍개, 용비검랑, 냉옥검녀, 거기에 이름 모를 저 땡추…… 정말 희한한 조합이야. 분명 객잔에서 서로 다퉜다고 들었는데."

승궁인이 어깨를 으쓱거리며 말을 받았다.

"무릇 인연이란 예측하기가 힘든 법이지."

호홀지간 범조가 부채를 허공으로 던졌다. 그러자 빙글빙글 회전하는 부채로부터 새하얀 마기가 발출되어 후방의 혈정강시들을 모조리 감쌌다.

스스스스스스슷.

직후, 겁에 질려 있던 혈정강시들이 빠르게 안정을 되찾기 시작했다.

금선과 엽평은 그 광경을 보며 감탄을 터뜨렸다.

'과, 과연 천환마가의 후계자……! 사혼을 맘대로 부리는 저 마술은 내가 감히 추측할 바가 아니다!'

'그래, 그들을 믿고 가자! 본존의 후인이 두렵긴 하지만, 명실상부 마도 최강의 세력인 육대마가와 척을 진다면 본궁은 그 길로 멸망해 버리고 말 테니까.'

범조가 득의양양한 얼굴로 웃었다.

"우힛힛힛! 본맥에 대한 공포심 따위 잠깐 억눌러 버리면 그만이야. 이 많은 혈정강시들을 다 처리하고 나면, 그때 상대해 주마."

"그 선택, 후회하게 될 것이다!"

천공이 외침과 동시에 우권을 내질렀다.

파아아아아아—!

핏빛 회오리의 권경이 발출되어 범조에게로 쇄도한 찰나, 백혼과 흑혼이 번개처럼 앞으로 나서며 철퇴를 휘둘렀다.

꽈우우웅!

꾕음과 함께 붉은 권경이 파문을 일으키며 흩어졌고, 흑혼과 백혼은 각기 대여섯 걸음을 후퇴했다.

둘 다 공력에서 밀리긴 했지만, 내상은 피한 모양이었다.

그사이 범조는 저만치 뒤쪽으로 물러선 상태였다.

천공의 두 눈이 이채를 머금었다.

'칠 할 공력의 권경을 버티다니……. 천마교 십팔당주에 육박하는 실력인가?'

그는 즉각 발바닥의 용천혈(湧泉穴)로 내력을 모아 지면을 찼다.

혈마군림보.

장엄한 기세로 돌진하는 신형 주위로 분신 같은 붉은 마귀의 형상이 무리 지어 떠오른다.

흠칫한 백혼과 흑혼은 즉각 보법을 밟아 천공의 좌우를 노리고 들었다. 그렇게 혈마군림보가 파생시킨 방대한 마기와 두 개의 철퇴가 부딪치며 재차 폭성을 터뜨렸다.

콰아앙, 콰아앙!

그것을 신호로 두 진영이 사납게 뒤엉키며 싸움을 벌이기 시작했다.

순식간에 난전(亂戰)의 장으로 변해 버린 공간.

수백 개의 병장기가 부딪쳐 불똥을 튀기고 기합과 비명이 섞여 터지며 혈화(血花)가 하나둘씩 빠른 속도로 피어난다.

종무린과 서야상을 위시한 혈천무회는 금선과 엽평이 이끄는 혈망회, 혈랑회와 어울려 싸웠다.

치열한 공방이 진행되던 도중 서야상이 사방의 적을 무찌르고 길을 열어 몸을 빼더니 전음을 보냈다.

[광진 스님, 이 틈에 업화신검을 가지고 올게요!]

[부탁하네! 내가 뒤를 엄호하지!]

고개를 주억인 광진은 금강저를 횡으로 그어 정면의

검수 둘을 죽이곤 서야상을 뒤쫓는 강시를 붙잡아 그대로 흉골을 바수어 머리통을 절단했다.

그사이 서야상은 비쾌한 경공술을 전개해 무기 창고가 있는 방향으로 사라졌다.

한편 승궁인은 신풍쇄장과 백결장법으로 맹수처럼 몰려드는 강시들을 마구 튕겨 냈다. 또 그로부터 멀지 않은 곳엔 동방휘와 서란, 단희연이 부지런히 손속을 놀리고 있었다.

그들 모두 궁내 검수들은 일단 제쳐 두고 강시들을 쓰러뜨리는 데에 집중했다.

금선과 종무린이 싸우는 동안 엽평은 얼른 자리를 옮겨 승궁인과 맞섰다. 쇄장의 혈마력을 계승한 마인으로서 장법의 달인인 승궁인과 겨뤄 보고 싶었기 때문이다.

"거지! 실력이 어떤지 보자꾸나!"

일갈한 엽평은 곧장 혈류마장을 내질렀고, 승궁인도 질세라 파옥신장을 펼쳤다.

퍼어어엉—!

다른 한쪽에선 동방휘가 강시 무리를 상대로 청룡동방세가의 진신 검학을 꺼내 들고 있었다.

청룡단운검법 절초, 청룡포효(靑龍咆哮).

청룡강검의 행로를 따라 파생된 만자(卍字)의 검기가 용이 울부짖는 듯한 풍성을 토하며 전방을 휩쓸었다.

쿠아아아아아—!

눈앞에 거슬리는 모든 것을 무차별로 베어 넘겨 버리는 가공할 검세.

청룡포효의 반경을 벗어나지 못한 대여섯 구의 강시는 모조리 몸이 잘리거나 목이 달아났다.

동방휘는 웅웅! 떨림을 발하는 청룡강검을 강하게 움키며 생전 하후양의 마지막 모습을 떠올렸다.

'어르신, 보고 계십니까!'

그는 하후양의 희생으로 말미암아 진일보한 검력에 새삼 놀랐다. 그러곤 즉각 청룡강검에 봉인된 힘마저 개방했다.

청룡신력.

주인의 의지를 읽은 청룡강검이 이내 세찬 검명을 발하며 청룡의 형상을 닮은 시퍼런 기파를 퍼뜨렸다.

그 곁으로 다가선 서란이 걱정스레 물었다.

"청룡신력을 개방한 거예요? 하지만 몸이 오래 버티지 못할 텐데……."

"이 싸움을 빨리 끝내기 위함이야. 강시들만 처치하면 사실상 승리나 다름 아니니까."

같은 시각, 천공과 맞선 백혼과 흑혼은 수세에 몰린 상태였다.

꽈우웅, 쿠아앙, 퍼엉!

천공이 손속을 뿌릴 때마다 육중한 파공음과 함께 백혼과 흑혼이 신형을 비척대며 입가로 선혈을 흘렸다.

'크윽, 우리가 감당할 그릇이 아니다!'

그나마 혈정강시들이 수시로 천공에게 기습을 가한 덕분에 겨우 버티고 있는 중이었다.

길지 않은 시간 동안, 혈신마라공에 의해 소멸한 혈정강시의 수가 서른 구를 육박하고 있었다.

천공은 자신의 좌우로 쇄도하는 혈정강시 둘을 추가로 베어 넘긴 다음 기운을 일제히 흡수했다. 그 순간, 기맥과 혈맥이 빠르게 신축하더니 기해혈이 마구 꿈틀댔다.

'드디어 팔성 수위에……!'

정수리를 관통하는 저릿한 쾌감.

하나 뜻하지 않게 엄청난 고통이 수반되었다.

"크으윽!"

칠성 수위에 도달했을 때와 달리 하단전을 향하는 기로가 찢어질 듯 아팠다.

백혼과 흑혼은 갑자기 천공이 괴로운 표정으로 움직임

을 멈추자 그 기회를 놓치지 않고 돌진해 간극을 좁혔
다.

　후우웅, 후우웅!

　바람을 가른 한 쌍의 철퇴는 가차 없이 천공의 옆구리
와 어깨를 강타했다.

23장.
혈투(血鬪), 제이막(第二幕)

터—덩! 그어엉!

두 철퇴가 격중된 부위로부터 괴이한 음향이 터진 찰
나, 천공의 온몸에서 가시 같은 핏빛 마기가 무수히 돋아
나왔다.

키히이잉, 키이잉!

마기의 가시들이 발한 반탄지력이 철퇴를 튕겨 냈고,
흑혼과 백혼은 짧은 신음을 흘리며 십 보 밖으로 후퇴했
다. 둘은 손목에 적잖은 통증을 느낀 듯 눈살을 찌푸렸
다.

흡사 거대한 고슴도치를 연상시키는 듯한 기예.

혈극방호경기(血棘防護勁氣).

부동지세로 발경과 탄경의 묘용을 동시에 발휘하는 상
승 기공이다.

천공으로선 정말 위험한 순간이었다.

혈극방호경기의 시전이 조금만 늦었다면, 또한 미완인
금강불괴의 보조가 없었다면, 그 옆구리와 어깨는 무참
히 찢겨 나가고 말았을 것이다.

하나 위험은 아직 끝나지 않았다.

체내 고통이 커지며 시야마저 흐릿해졌으니까.

천공은 괴로운 표정으로 지면에 두 무릎을 찧었다.

"으윽, 단 소저……."

저도 모르게 보이지도 않는 그녀를 불렀다.

절명의 순간, 본능적으로 뇌리에 떠오른 이름.

왜였을까.

천공 자신도 그 이유를 몰랐다.

회심의 미소를 지은 백혼과 흑혼이 보법을 밟아 돌진
했다. 동시에 다수의 혈정강시도 신속히 그 뒤를 따라 신
형을 날렸다.

적이 삼사 보 간격에 이르렀지만 천공은 여전히 몸을
추스르기가 힘들었다. 그런 그의 뇌천을 노려 한 쌍의 철
퇴가 새하얀 마기를 머금고서 사납게 직하했다.

바로 그때.

천공의 등 뒤로 불쑥 나타난 단희연이 상체를 들이밀며 유령선영을 뿌렸다.

촤아아아아아앗!

폭발하듯 화려히 쏘아진 검세가 간발의 차로 두 철퇴를 강하게 튕겨 냈다.

카항, 카하앙!

화들짝 놀란 백혼과 흑혼은 즉각 신형을 뒤로 물렸다.

'웃! 저 계집……!'

'엄청난 검력이다!'

둘을 대신해 뒤편에 있던 혈정강시 넷이 전면으로 나섰다.

단희연은 신속히 공중제비를 넘어 천공 앞을 호위하고 선 다음 검날을 빠르게 휘돌렸다. 그렇게 둥그런 검영이 만든 날카로운 검기가 돌풍처럼 쏘아지며 육중한 풍압을 일으켰다.

파아아아아아—

멸혼회무검법, 제사초 회행원무검(回行圓舞劍).

연속된 파공음과 함께 검기에 밀린 혈정강시들이 일제히 다섯 걸음을 후퇴했다.

눈을 매섭게 빛낸 단희연은 쉬지 않고 단전을 돌려 솟구치는 진기를 팔로 집중시켰다.

'과연 혈정강시! 견고하구나!'

출중한 검술로 깊은 상처를 안겼지만, 무엇보다 목을 베야 했는데.

머리를 잘라 사술의 고리를 끊지 않는 이상 강시는 절대 멈추지 않는다.

워낙 급박한 상황이었기에 그녀로서도 어쩔 수 없었다.

검을 세밀하게 조절하는 건 둘째 문제였고, 일단 막고 봐야 했으니까.

혈정강시 넷이 화가 난 듯 송곳니를 드러내며 무서운 기세로 육박해 들었다. 그에 단희연도 기다렸다는 듯 운검의 속도를 배가시켰다.

좌족을 축으로 삼아 우족을 놀려 지면을 차고 빠르게 회전하는 교구.

후후훙, 후후후훙!

그녀는 제자리에서 팽이처럼 핑그르르 돌며 무수한 검영을 파생시켰다.

멸혼회무검법 절초, 표풍난검무.

공방을 동시에 수행하는 장중한 검세가 맹렬히 쇄도하는 혈정강시들의 공세를 차단하며 쇳소리를 터뜨렸다.

카가강, 까가가강—! 쩡, 쩌어엉!

눈 깜빡할 사이 혈정강시들 몸에 수십 개의 검상이 아

로새겨졌고, 그중 두 구의 머리통이 절단되어 지면 위를
나뒹굴었다.

극성의 공력을 실은 절초였다. 아니, 극성의 공력을
실었지만 표풍난검무로는 그 극성 공력을 칠팔 할 정도
밖에 활용하지 못했다.

단희연은 자못 아쉬움을 느꼈다. 만약 유령검법을 완
벽히 터득했다면 극성의 공력을 십분 활용할 수 있는 상
승 검초로 네 구의 머리를 단번에 잘라 버렸을 텐데.

만신창이가 된 혈정강시 둘이 다시금 쇄도하자 단희연
은 멸혼회무검법 제삼초 분선파혼무를 연이어 구사해 그
목을 절단했다.

'혈정강시를 상대하자니 내력 소모가 너무 커!'

그러기가 무섭게 혈정강시 여섯 구가 사방을 감싸듯
공격해 왔다.

표풍난검무가 다시 한 번 위용을 뽐냈다.

여섯 구의 혈정강시 가운데 세 구가 가공할 검력을 받
고 목이 잘려 나갔다.

단희연은 후방의 천공을 흘깃 바라보았다.

어느덧 천공은 가부좌를 튼 채 운기에 집중하고 있었
다.

'천 소협만 믿고 있었는데……. 대량의 기운을 흡수하

혈투(血鬪), 제이막(第二幕) 129

는 바람에 부작용이 생긴 건가? 이제 어떡하지?'

천공이 별안간 그녀의 마음을 눈치챈 듯 다급히 전음을 보냈다.

[소저, 미안해요. 조금만 더 버텨 줘요.]

그 말은 곧 시간만 벌면 원상회복이 가능하다는 의미다.

[알았어요!]

전음으로 화답한 단희연은 이를 앙다물며 꾸역꾸역 쇄도해 드는 혈정강시들을 향해 연방 고강한 검초를 뿌렸다. 그만큼 내공이 소모되는 속도도 배로 빨라졌다.

'이대로 가다간 내가 먼저 지칠 것 같아!'

천공이야 애초에 혈마맥 본존의 후인이니 그 힘을 이용해 지맥의 고수나 혈정강시를 쉽게 상대해 왔으나 단희연과 같은 경우는 달랐다.

일반 강시만 하더라도 처치하는 데 많은 공력을 필요로 하는데, 하물며 힘이 한층 강화된 혈정강시를, 그것도 다수를 상대하자니 걱정부터 앞섰다. 게다가 백혼과 흑혼까지 번갈아 공세를 퍼붓고 있어 호흡을 가다듬을 여유조차 없었다.

현재 동료인 승궁인, 동방휘 등은 다른 곳에서 치열하게 싸우고 있는 터라 당장 도움을 요청하기가 힘들었다.

또한 종무린과 혈천무회도 혈망회, 혈랑회와 어울려 접전을 벌이는 중이었다.

단희연은 일단 혈정강시들 목을 베는 것은 포기하고 가까이 접근하지 못하도록 만드는 데에 신경을 쏟았다. 당장은 그것만이 최선의 방법이었다.

한편 범조와 함께 전세를 관망하던 사오량이 검날 위로 짙은 아지랑이를 피워 올렸다. 그의 시선은 다름 아닌 동방휘를 향해 있었다.

"동방가 새끼가 모종의 숨은 힘을 개방한 것 같군. 일련의 검세가 몰라보게 강해졌어."

같은 검수로서 호승지심이 인 것이다.

범조가 히죽 웃었다.

"적당히 놀도록 해. 예서 다치거나 뒈지면 곤란하니까."

"돼지 놈, 대체 무슨 속셈이야?"

"이히힛! 무슨 속셈이긴, 구천혈궁을 오늘 완전히 붕괴시켜 버리려는 거지. 물론 저 중원 연놈들도."

"후훗, 의뭉스러운 녀석 같으니……. 처음부터 양패구상(兩敗俱傷)을 생각했던 거냐?"

"뭐, 달리 말하면 어부지리랄까. 느긋하게 구경하다가 나중에 지친 잔당을 소탕하면 될 일이야. 봐, 양쪽 다 어느덧 지쳐 가고 있잖아. 강시들 덕분에 수고를 덜었어."

"혈마황의 진전을 이은 놈은 돌연 왜 저러는 걸까?"

"시벌, 나도 몰라. 갑자기 주화입마에 든 것일 수도 있지. 그나저나 뭔가 찝찝한데…… 아무리 생각해도 납득하기가 힘들다고. 아니, 혈마맥의 마인이 무슨 이유로 중원 패거리와 어울리는 거지? 소문이 퍼지면 개방과 동방가로서도 여간 부담스러운 일이 아닐 텐데 말이야."

"분명 우리가 모르는 사연이 있을 거다. 미치지 않고서야 저런 말도 안 되는 조합이 나올 수가 없지. 아무튼 절호의 기회 아니냐?"

당장 천공을 죽이는 게 어떻겠다는 뜻. 하지만 범조는 신중했다.

"아서, 아직까진 조심할 필요가 있어. 너도 봤잖아. 저 젊은 놈이 아주 손쉽게 혈정강시를 처치하는 것을…… 냉옥검녀의 칼질이 무뎌진 다음에 행동해도 늦지 않아."

정말로 혈마황의 진전을 이었다면, 일신의 무위가 천마맥을 계승한 천마존과 동급이라는 의미이니 정면으로 붙어 싸우기엔 껄끄럽다는 소리였다.

사오량이 고개를 끄덕거렸다.

"위험하다 싶은 때…… 미련 없이 도망치자는 거지?"

"히힛, 당연하지. 구천혈궁을 발견하고 이렇듯 엉망진창으로 만들어 놓은 것만도 큰 수확인데, 예서 굳이 호기를 부릴 필요가 무어 있어? 물론 놈을 포섭하려던 계획이 물거품이 된 것은 좀 아쉽지만……. 자, 넌 가서 칼춤이나 춰. 난 그동안 안전히 몸을 뺄 수 있게끔 대비를 해 둘 테니까."

"가만, 혹시 '그걸' 준비하고 있는 거야?"

사오량의 물음에 범조가 대답 대신 의미심장한 미소를 그렸다.

"호오, 내가 폐관수련에 든 동안 진일보 성취가 있었군."

"엿 같은 난쟁이 새끼, 그럼 마냥 처먹고 놀기만 한 줄 알았어?"

"후훗. 그럼 너만 믿는다. 야무지게 준비해 놔."

사오량은 즉각 시커먼 피풍을 펄럭이며 동방휘가 싸우고 있는 쪽으로 운신해 나갔다.

직후 범조의 눈길이 다른 곳으로 옮겨졌다. 그의 시선이 머문 방향엔 고강한 무력을 뽐내는 광진이 있었다.

쿠아앙, 콰하아앙! 꽈광—!

부적이 흩날리고 금강저가 빛을 뿜을 때마다 폭성이 메아리치며 다수의 적이 피투성이가 되어 마구 너부러졌

다. 심지어 그 주변에 목이 잘린 일반 강시의 수도 삼십
여 구가 넘었다.

"현세에 마가 발붙일 곳 따윈 없느니라!"

일갈한 광진은 거듭 절기를 구사해 주변의 적을 무찌
른 후 냅다 신형을 날렸다. 어려움에 처한 천공과 단희연
을 돕기 위함이었다.

"아! 광진 스님!"

단희연은 버겁다고 느끼던 차에 광진이 합류하자 숨통
이 트이는 기분이었다.

광진은 금강저를 세차게 휘둘러 백혼과 흑혼을 뒷걸음
치게 만든 다음 우르르 쇄도하는 혈정강시들을 보며 여
러 장의 부적을 꺼내 소리쳤다.

"천공을 보호하게!"

그의 손을 벗어난 부적들이 허공을 맴돌자 은빛 기류
의 돌풍이 반경 일 장 내로의 접근을 차단했다.

불문 주풍신(主風神)의 신력을 빌린 밀술이었다.

그것을 본 범조가 입꼬리를 씰룩거리며 부채를 활짝
폈다.

'옳아, 주법에 일가견이 있는 모양이군. 그렇다
면…….'

읊조리듯 중얼거리는 목소리에 이어 예의 부채로부터

광대한 백색의 빛이 파문처럼 퍼지자 그 앞에 거대한 환수 하나가 소환되었다.

십 척 신장에 소의 머리, 호랑이의 이빨, 곰의 몸, 뱀의 꼬리를 달고 있는 괴수. 또 우수엔 쇠침이 무수히 박힌 몽둥이를, 좌수엔 쇠로 된 방패를 들었다.

"가라, 백병거마귀(白兵巨魔鬼)."

범조의 나지막한 명에 괴성을 토한 백명거마귀가 지면을 차고 내달리기 시작했다. 그러자 혈정강시들이 좌우로 갈라지며 길을 터 주었다.

백병거마귀는 그대로 은빛 기류의 돌풍을 뚫고 그 안으로 진입해 몽둥이를 횡으로 휘둘렀다. 잽싸게 고개를 숙여 회피한 광진은 즉각 부적 한 장을 꺼내 던졌다.

화르르르륵!

부적으로부터 발출된 광대한 불길이 백병거마귀의 몸을 휘감고 세차게 타올랐다.

주화신(主火神)의 신력을 빌린 기예.

주술 교체로 은빛 기류의 돌풍은 자연히 소멸했다.

백병거마귀는 일 장 뒤로 물러나 입을 활짝 벌리더니 제 몸을 휘감은 불길을 단번에 흡입해 버렸다.

그사이 백혼과 흑혼을 위시한 혈정강시들이 난폭한 움직임으로 사위를 포위해 들었다.

'어쩔 수 없구나! 소환술을 쓰는 수밖에……'

광진은 곧장 네 장의 부적을 꺼내 지면에 붙였다. 그러곤 수인을 만들며 알 수 없는 주문을 외자 눈부신 빛살과 함께 갑주를 두른 신장들이 모습을 드러냈다.

불법을 수호하는 네 명의 외호신, 사천왕.

광진은 무려 팔 할의 내공을 동원해 사천왕을 소환했다.

사천왕은 최상위에 속하는 소환 대상이라 지속 시간이 암만 길어야 반각 내외다. 그 안에 천공이 원상회복을 하지 못하면 정말 위태로운 지경에 빠지고 말 것이다.

증장천왕의 여의주가 견고한 빛의 장막을 만들어 천공을 보호했다. 뒤이어 광목천왕(廣目天王)이 좌수에 들린 보탑을 이용해 혈정강시들의 혼기를 교란시키며 우수의 삼지창을 맹렬히 휘둘렀다. 그 힘을 감당하지 못한 혈정강시들이 마구 튕겨져 나가 낙엽처럼 바닥을 뒹굴었다.

다문천왕(多聞天王)이 보조를 맞추듯 비파를 연주하자 강한 바람이 일며 적의 공세를 일제히 분쇄했고, 지국천왕(持國天王)은 거대한 보검을 쥐고서 백병거마귀와 합을 나눴다.

사천왕의 위용을 접한 단희연은 경이로움을 느꼈다. 하지만 이내 숨을 거칠게 쉬는 광진의 모습을 보며 자못 걱정이 되었다.

'아아……! 소환술 시전으로 많이 지치셨구나!'

사천왕이 활약하는 동안 다른 쪽에선 동방휘와 사오량이 맹렬히 검을 섞고 있었다.

채쟁, 카가강, 쩌정, 쩡―!

순식간에 십여 합을 교환한 두 사람은 십 보 거리를 두고 잠시 호흡을 골랐다.

"훗. 동방가 도련님께서 제법 검을 놀릴 줄 아시는구면."

사오량은 청룡신력을 개방한 동방휘의 무위에 내심 놀라고 있었다.

둘은 재차 검초를 전개했다. 그렇게 다시 십여 합을 넘겼을 때, 멀지 않은 곳에서 뾰족한 비명이 터져 나왔다.

"아악!"

'앗! 란?'

동방휘가 화들짝 놀라 고개를 돌린 순간 사오량의 검기가 찰나의 빈틈을 제대로 파고들었다.

푸우우욱!

예리한 검기가 몸속 깊이 쑤셔 박히는 소리.

동방휘의 신형이 균형을 잃고 쓰러졌다. 검상을 입은

우측 옆구리에서 선혈이 뿜어져 나왔다. 그럼에도 불구하고 그의 눈길은 여전히 비명이 들린 쪽을 향하고 있었다.

강시에 대여섯 구에 의해 포위를 당한 서란은 왼쪽 어깨를 다쳐 피를 흘리는 중이었다. 그래도 다행히 큰 부상은 아닌 듯싶었다. 때마침 승궁인이 나타나 서란을 감싼 강시들을 백결장법으로 모조리 날려 버렸다.

앞서 승궁인을 상대하던 엽평은 개방의 절학 구풍폭렬장을 받고 저승으로 떠난 상태였다. 하지만 승궁인도 공력을 많이 소진한 터라 호흡이 가빴다. 멀리서 봐도 그것을 확연히 느낄 수 있었다.

사오량이 십 보 거리를 두고 자리한 채 검극을 똑바로 겨누며 소성을 발했다.

"후훗. 저깟 계집이 뭐라고……. 난 말이지, 네가 한눈을 팔아도 될 만큼 쉬운 상대가 아니야. 정말 싱겁군. 난 아직 전력을 다하지도 않았는데."

동방휘가 손바닥으로 상처를 지혈하며 눈을 부릅떴다.

"너야말로…… 날 쉽게 봤구나!"

"뭣?"

"그만 검기의 창살에 삼켜져 죽어라."

사오량은 흠칫한 순간 그 주변 바닥에 푸른빛을 띤 동

그라미가 생성되었다.

'아뿔싸! 어느 틈에……'

청룡동방세가의 비기, 청룡원광검옥(靑龍圓光劍獄).

청룡신력의 기운을 은밀히 흘려 마치 진처럼 시간차를 두고 발동시키는 최상승 검학이다.

동방휘는 처음부터 청룡원광검옥을 시전하려고 준비한 터였다. 일련의 칼부림은 완벽한 승리를 거두기 위한 눈속임이었을 뿐. 비록 뜻하지 않게 상처를 입었지만 결국 계획은 성공했다.

푸른 동그라미를 따라 뿜어진 수십 개의 검기가 그대로 사오량의 전신을 날카롭게 옥죄여 들었다.

츄츄츄츄츄츄츄—!

한 치의 도망칠 틈도 용납하지 않는, 글자 그대로 검기의 감옥이었다.

거의 동시에 광진과 단희연이 자리한 전장을 누비던 사천왕이 시간이 되어 소멸했다.

사천왕이 남긴 가공할 흔적들.

혈정강시들 수는 절반 이하로 줄었고, 흑혼과 백혼은 외상과 내상이 깊어 더 이상 운신이 어려운 상태였다.

반 각에 못 미치는 짧은 시간을 감안하면 엄청난 성과였다. 하나 광진은 소환술을 시전한 대가로 내공이 겨우

이 할 정도밖에 남지 않았다.

지친 광진을 대신해 단희연이 전면에 나서 연거푸 고강한 검초를 뿌렸다. 그러나 그녀 역시도 내공을 많이 소진한 터라 일련의 검력이 격감해 있었다. 이젠 표풍난검무조차 구사하기가 버거운 상황이었다.

찌이익!

한 혈정강시의 난폭한 손속에 단희연 좌측 소매가 길게 찢겨 나갔다.

"흑!"

뽀얀 피부 위로 가느다란 혈선이 새겨졌다.

단희연이 잠깐 중심을 잃자 혈정강시 셋이 한꺼번에 들이닥쳤다. 그녀는 황급히 칼을 놀렸지만 재차 팔뚝에 상처를 입고 말았다.

덩달아 천공 곁을 지키고 선 광진도 포위 공격을 받았다.

바로 그때.

핏빛 마귀의 손아귀가 단희연과 광진을 향해 덤벼들던 혈정강시들 덥석! 움켜 그 몸통을 모조리 끊어 버렸다.

"천 소협!"

단희연이 뒤로 고개를 돌리자 시뻘건 마기를 이글이글 피워 올리는 천공의 모습이 보였다.

"미안합니다. 오래 기다렸지요?"

그렇게 말하는 천공의 머리 위로 빛의 고리가 빠르게 명멸했다.

그것은 곧 팔성 수위의 도달을 의미하는 것.

새로운 경지에 발을 내디딘 천공의 몸이 미세한 음향을 터뜨렸다.

투툭, 툭, 투툭…….

하단전으로 향하는 기로가 확장되는 소리였다.

천공은 주먹을 불끈 쥐며 등골을 타고 오르는 전율에 몸을 떨었다.

'내보금강경은 물론이고 마침내 혜가선도심법마저 극성에 이르렀다!'

드디어 심계에 봉인된 천마존을 멸할 수 있는 토대가 마련되었다.

극성의 불력 심법, 극성의 마력 무공, 그 둘을 합일하면 항마조 수승 시절 이룩한 마불의 경지에 다시금 도달할 수 있다.

오늘, 그중 하나인 혜가선도심법이 극성에 이르렀다.

불력의 심법을 완성한 이상 천마존으로 인해 심마가 깃들 여지 따윈 아예 사라져 버렸다.

소림사로의 복귀가 꿈이 아닌 현실로 다가오는 중이다.

지금 당장 심계로 든다고 해도 천마존을 멸할 수 있으리라. 하지만 그전에…….

"이 싸움, 끝내도록 하지요!"

나지막이 외친 천공의 신형이 풍성을 앞지르며 맹렬히 쏘아져 나갔다.

한층 더 빨라진 혈해유영비, 그와 연계해 한층 더 강화된 혈마단섬기가 정면에 자리한 혈정강시 다섯 구의 허리를 무참히 절단했다.

이어진 단혈회류마황권, 혈라구궁연환권, 혈마거령장이 무차별적으로 혈정강시들을 휩쓸었다.

천공의 공력 앞에 혈정강시들은 추풍낙엽처럼 쓰러졌고, 그 몸에 깃들어 있던 힘은 전부 천공 체내로 흡수되었다.

단희연이 걱정스런 마음에 얼른 전음을 보냈다.

[천 소협, 그런 식으로 힘을 흡수하다가는 또…….]

[걱정 말아요. 금강불괴가 이단계에 이르렀고 또 혜가선도심법의 묘용을 통해 흡수한 힘을 하단전에 따로 보관할 수 있게 됐으니까요.]

[어머! 혜가선도심법을 대성했나요?]

천공은 눈짓으로 대답을 대신하며 나머지 혈정강시들을 빠르게 정리해 나갔다.

그 광경을 본 범조의 낯빛이 딱딱하게 굳었다.

'가만! 저 새끼…… 이제 보니 지맥의 힘을 흡수해 제 것으로 만드는 힘을 가진 건가?'

칠성 수위일 때와 달라진 기도를 감지한 것이다.

붉은 기류가 천공의 체내로 이끌리듯 흡수되는 것이 단순한 현상이 아님을 비로소 깨달았다.

'시벌, 앞서 혈영권왕과 혈장웅왕의 시신이 토한 기운이 놈에게 자양분이 되었구나!'

범조가 눈살을 구긴 순간, 천공이 발출한 권경이 부상을 입은 백혼과 흑혼을 차례로 저승길로 보냈다. 그렇게 주인을 잃은 철퇴들이 땅에 떨어지며 처량한 울음을 토했다.

직후, 마지막 남은 혈정강시 여덟 구가 둥그렇게 진을 짜 육탄 돌격을 해 왔다.

천공은 안광을 번뜩이며 몸을 잔뜩 웅크렸다.

'끝을 내자!'

혈정강시들이 사오 보 간격에 이른 찰나, 천공이 기지개를 켜듯 몸을 쫙 펴자 뾰족한 형태의 마기가 무더기로 세차게 뻗어 나왔다.

팔성에 이르러 온전한 위력을 발휘할 수 있게 된 혈극방호경기.

푸부부북, 푸부부부북—!

사방으로 내뻗친 가시 같은 핏빛 마기에 의해 혈정강시들은 피할 틈도 없이 온몸을 꿰뚫리고 말았다.

천공이 혈극방호경기를 거두어들이기가 무섭게 단희연과 광진이 그 가까이로 다가가 혈정강시들 목을 베었다.

밤송이처럼 바닥에 우수수 떨어지는 머리통들.

천공은 이내 혈정강시들이 토한 기운을 하단전에 따로 갈무리해 단속했다. 재빨리 운기를 한 그는 이내 저편으로 시선을 던졌다.

그 방향 선상에 자리한 자.

저용마랑 범조.

천공의 동공이 싸늘한 빛을 발한다. 이제 천환마가의 차남을 없앨 차례가 된 것이다.

'개좆같은……! 애초에 혈정강시들을 저놈 앞에 던져 놓는 게 아니었는데.'

범조는 속으로 투덜대며 부채를 쥔 손에 힘을 주었다.

파박!

지면을 찬 천공이 혈해유영비로 거리를 압축해 들었다. 질세라 범조가 부채를 횡으로 휘둘렀다. 그러자 새야한 마기가 구름처럼 뿜어져 일대 공간을 뒤덮었다.

천공은 즉각 운신을 멈추고 섰다.

눈에 보이는 세상이 온통 운무로 가득 차 새하얗게 변해 버렸다. 또한 여기저기에서 귀신의 형상을 한 환영들이 떠돌아 다녔다.

'이것은……?'

천환마가의 절학, 백운마계환술(白雲魔界幻術).

언젠가 스승 일화를 통해 들은 바 있었다.

천공은 즉각 기감을 돋워 범조를 찾기 시작했다. 바로 그때, 뒤쪽으로부터 다가드는 기척을 느꼈다. 그는 더 생각할 것도 없이 주먹을 내질러 권경을 뿜었다.

후아아악!

육중한 권력이 일으킨 풍압에 의해 귀신의 환영과 운무가 흩어진 순간 단희연의 모습이 드러났다.

"앗!"

"꺄악!"

화들짝 놀란 천공은 권경을 방향을 급격히 위로 틀었고, 단희연은 질겁하며 상체를 숙였다. 둘 다 반응이 조금만 늦었다면 낭패를 볼 뻔했다.

"소저, 괜찮아요?"

"아…… 네. 그나저나 이게 도대체 뭐죠?"

"아마 백운마계환술일 겁니다. 천환마가의 직계 혈통이 아니면 익힐 수 없다는 실로 광범위한 출환술이지요.

지금 눈에 보이는 귀신들은 심마를 유도하는 환영이니 절대 현혹되지 말아요."

"그렇군요. 정원 전체가 출환술에 휩싸인 듯한데, 이래서야 아군과 적군을 구분하기가 쉽지 않겠어요."

"일단 소리에 의지해 움직이는 수밖에 없지요."

직후 또 하나의 기척이 감지됐다.

천공과 단희연이 경계하는 순간 기척의 주인이 나지막한 음성을 발했다.

"나일세, 공격하지 말게."

자욱한 운무를 헤치고 광진이 나타났다. 그 바로 뒤쪽엔 서야상이 있었다.

천공은 그런 광진의 손에 들린 검을 보며 기뻐했다.

"업화신검을 되찾았군요!"

"고맙네. 이게 다 자네 덕분일세."

"별말씀을……. 아무튼 우리도 우리지만 적들 역시 기척이 느껴진다고 해서 함부로 공격을 퍼붓진 못할 겁니다. 짐작하건대 저용마랑은 이곳을 벗어나려는 계획인 것 같네요."

천공은 그 말이 끝나기가 무섭게 뭔가 감지한 듯 혈마라상지은현공을 구사했다.

핏빛으로 물든 거대한 마귀의 손이 사방을 휘저은 순

간, 환영과 운무가 흩어진 공간 저 너머로 범조의 희미한 그림자가 발견됐다.

'놓칠쏘냐!'

천공이 극성의 공력으로 혈해유영비를 전개해 쏘아져 나갔다. 질세라 단희연 등도 그 뒤를 따라 신형을 날렸다.

'시벌!'

기척을 감지한 범조는 잽싸게 해골무도개를 구사해 시계를 교란시킨 다음 운무 속으로 숨어 버렸다.

예의 자리에 이른 천공은 즉각 범조가 사라진 방향을 노려 우권을 세차게 내질렀다. 그러자 주먹으로부터 대포알 같은 붉은 마기가 한 줄을 지어 연달아 발출됐다.

투투투투투투—!

혈신마라공 사대절기, 혈사마기포(血射魔氣砲).

팔성에 도달하며 비로소 시전할 수 있게 된, 혈해유영비에 버금가는 순속을 자랑하는 기예다.

한데 아무런 소리도 들리지 않았다.

'빗나갔나! 마공을 운용하는 중이라면 일신에 지닌 고유의 마기를 흘리기 마련인데, 그것마저 느끼기 힘들구나. 역시나 환마장폐은신술을 극성으로 익힌 것이 분명하다.'

천공이 분한 듯 입술을 깨문 순간, 단희연 등이 그 곁에 다가와 섰다.

"천 소협, 놓쳤어요?"

"네, 아쉽게도……. 우선 일행을 찾아 정원 밖으로 벗어나는 것이 좋겠습니다."

그러자 광진이 백운마계환술로 물든 사방을 둘러보며 안타까운 목소리를 흘렸다.

"내가 여력만 있었더라도……."

천공은 너무 마음 쓰지 마라는 눈짓을 보낸 후 일행과 함께 저편으로 신속히 나아갔다.

그 시각, 동방휘는 매우 위태로운 지경에 빠져 있었다.

사오량의 실력은 대단했다.

명실상부 월영마가의 후계자다웠다.

사오량은 대월신마검법의 최상승 방어 검식을 펼쳐 동방휘가 비장의 수로 준비한 청룡원광검옥을 막아 냈다.

물론 그 과정에서 출혈이 없진 않았다.

무려 수십 개의 검기가 기습적으로 전방위(全方位)를 차단하며 쇄도해 들었으니까.

하나 그의 몸에 붉게 아로새겨진 검상들 중 치명적인 상처는 단 하나도 없었다. 예의 검격의 창살 속에서 급소를 보호한 것만 보더라도 일신의 출중한 무력을 충분히 증명한 셈이었다.

동방휘는 마음먹고 개방한 청룡신력이 모두 소진되기 전에 어떻게든 사오량을 쓰러뜨리려 했다. 그러나 뜻처럼 쉽지 않았다. 격감한 내력도 내력이지만 무엇보다 옆구리를 깊이 찔린 것이 큰 악재로 작용했기 때문이다.

마침내 청룡신력이 다한 동방휘는 검을 지팡이 삼아 한쪽 무릎을 꿇었다.

솔직히 중한 외상과 내상을 안고서 지금까지 견딘 것만 해도 기적이나 다름 아닌 일.

십 보 거리를 두고 자리한 사오량이 눈으로 주위를 쓱 훑으며 웃었다.

"후훗. 백운마계환술……. 돼지 새끼, 솜씨가 제법이군."

동방휘가 가까스로 신형을 일으켜 세웠다.

좁혀진 간격만큼 죽음도 한결 가까워진 듯한 느낌이다.

사오량이 검날을 앞으로 기울였다.

"재주를 다 보인 것 같은데, 그만 저승으로 떠나거라. 마지막은 역시 화려한 게 좋겠지?"

기다란 검이 열십자를 그렸다.

대월신마검법 제십장(第十章), 사멸(死滅)의 초, 십지

검림도(十地劍林圖)

그림 같은 선명한 칼날들이 사납게 쇄도해 들었다.

전면에 검기의 숲이 펼쳐지고 있다.

동방휘는 마지막 진기를 짜내 방어식을 구사했지만 짓쳐 드는 검력을 막을 수 없음을 직감했다.

끝이구나, 그렇게 생각했을 때.

돌연 등 뒤로부터 한 인영이 나타나 십지검림도에 못지않은 일장을 내뿜었다.

콰아아아아아아앙—!

검력과 장력이 상쇄되어 흩어지며 폭풍과 굉음을 만들어 냈다.

서란이 어느새 등장해 다친 동방휘를 부축해 일으켰다. 그런 두 사람 앞엔 승궁인이 거친 숨을 몰아쉬며 서 있었다. 그가 시전한 구풍폭렬장이 동방휘를 위기로부터 구한 것이었다.

사오량이 빠드득! 이를 가는 찰나 범조의 전음이 그의 귓전을 두드렸다.

[난쟁이, 그만 떠나자!]

[아서, 이 승부는 마무리 짓고 가야지. 저 새끼한테 여기저기 상처까지 입었다고. 빚지곤 못 살아.]

[시벌, 고작 그런 걸로 고집 피울 때가 아니야. 더 머물다간

죽도 밥도 안 돼.]

[그래서 다 잡은 고기를 놓아 주자는 거냐? 용비검랑은 이미 맛이 갔고, 철장신풍개도 강시들을 상대하느라 지쳤어. 저봐라, 절기를 한 번 쓰고는 숨을 헐떡이고 있잖아.]

정파의 촉망받는 두 무재를 단번에 없애 버릴 좋은 기회란 뜻이다.

[이히힛. 우리가 아니라도 저것들 어차피 다 죽게 될 거야.]

[뭐?]

[방금 전 왜놈 무리가 이곳에 도착했거든.]

[사스케가……?]

[그래. 자, 서둘러. 난 지금 백운마계환술 때문에 내공을 무진장 써 버린 상태라고. 너도 알다시피 이 상승 출환술은 시간적인 제한이 따라. 한시라도 빨리 몸을 빼는 게 좋아.]

[쳇, 어쩔 수 없군. 그나저나 다친 데는 없나?]

[어깨……. 그 개새끼가 멀리서 날려 보낸 권경을 비껴 맞았는데, 욱신거려 미치겠어. 혈맥이 뜨겁게 끓는 느낌이야. 환마장폐은술이 아니었으면 십중팔구 낭패를 당했을 테지.]

[과연 혈신마라공이군, 훗.]

피식 웃은 사오량이 검을 갈무리하려는 순간 저 너머로부터 거대한 압력과 기척이 빠른 속도로 엄습해 왔다.

'일 장 내외!'

사오량은 생각과 동시에 검극을 자면으로 박아 넣었다.

대월신마검법 제구장, 승천의 초, 광사무극.

거센 바람과 함께 광대한 검기가 허공으로 솟구쳐 사위로 폭발하듯 터져 나갔다.

좌라라락, 좌라라라락―!

수십 개의 검기가 섬뜩한 예기를 머금고서 휘날린다.

눈에 보이는 모든 것을 쓸어버릴 것 같은 광범위한 검초.

화들짝 놀란 승궁인은 등 뒤의 동방휘와 서란을 보호하고자 내공을 토해 기막을 생성했다. 바로 그때, 운무를 헤치고 쇄도한 한 쌍의 거대한 혈수(血手)가 광사무극을 통째로 손아귀에 넣어 구기듯 부쉈다.

콰차아앙, 쿠아앙―!

분쇄되어 어지러이 흩어지는 검기의 잔해 사이로 천공이 불쑥 등장해 주먹을 맹렬히 뻗었다.

회오리치는 핏빛 권경, 단혈회류마황권.

사오량도 질세라 검을 횡단시켜 반월형의 검기를 발출했다.

육중한 권력과 검력이 사납게 충돌하자.

꽈아아아아앙―!

경력의 아지랑이가 파문처럼 퍼지며 일대 지면이 쩌저적! 금을 그렸고 대기가 우르릉! 요동쳤다.

사오량의 신형이 빠르게 뒤쪽을 향했다.

퇴보를 밟은 것이 아니다. 반탄지력을 견디지 못하고 튕겨 나간 것이다.

범조는 여전히 환마장폐은신술로 몸을 숨긴 채 전음을 보냈다.

[시벌, 도망쳐!]

외침이 끝나기도 전에 천공이 혈해유영비로 거리를 압축했다. 뒤이어 그의 좌수로부터 길게 뻗어진 창날 같은 마기가 사오량의 가슴팍을 노렸다.

혈음격창(血陰激槍).

사오량은 발꿈치에 내력을 실어 신형을 추스르며 검날을 핑그르르 돌렸다. 그 궤적을 따라 짙푸른 검기의 방벽이 둥글게 생성됐다.

대월신마검법 제십장, 방수(防守)의 초, 만월대검패(滿月大劍牌).

최고의 공격 검초인 십지검림도와 맞먹는 검력을 오직 방어에 쏟아부은 견고한 검초다.

혈음격창이 그 표면에 부딪쳐 일그러진 순간, 천공의 우수가 혈마라상지은현공을 내뿜었다.

가공할 혈수는 그대로 만월대검패를 찢어발겼고, 일그러졌던 혈음격창은 순식간에 본형을 되찾아 길게 뻗어 나갔다.

푸우욱—!

핏빛 마기가 가슴과 어깨의 경계선에 쑤셔 박혔다.

사오량이 고통스런 신음을 흘리며 후퇴했다. 그사이 천공의 두 주먹은 혈라구궁연환권을 날리고 있었다.

시계를 가리는 화려한 권영들에 맞서 사오량은 어금니를 앙다물며 제구장 승천의 초 광사무극을 뿌렸다.

권영과 검영이 어지러이 섞이며 따가운 폭성이 연속적으로 터져 나온 직후, 피를 왈칵 토한 사오량이 발바닥으로 지면을 끌며 세차게 밀려나 환영과 운무 속에 삼켜졌다.

천공은 보법을 밟아 전진함과 동시에 권풍을 발출해 시야를 확보했다. 하지만 사오량의 모습은 온데간데없었다.

'저용마랑……!'

조용히 숨어 있던 범조가 그사이 사오량을 부축해 사라진 것이리라.

천공은 이내 운무를 헤치고 동방휘 등이 자리한 곳으로 향했다. 기력이 빠진 동방휘가 자칫 귀신 형상을 한 환영에 의해 심마에 들 수도 있는 상황이라 자못 걱정되었다. 하지만 그곳에 이르자 승궁인이 이미 자신의 진기를 이용해 동방휘의 내상이 더 악화되지 않게 손을 써 놓은 상태였다.

이윽고 단희연, 광진, 서야상도 한자리에 모였다. 그렇게 일행은 다친 동방휘를 엄호하며 걸음을 뗐다.

"천 아우, 아무튼 우리가 승기를 잡은 것 같군. 강시 무리도 얼마 남지 않았고, 저용마랑과 숭월검자는 결국 도망쳐 버렸으니까. 오래지 않아 백운마계환술도 말끔히 걷힐 거야."

승궁인의 말에 천공은 여기저기 너부러진 시신들을 보며 무거운 눈빛을 흘렸다.

"희생자가 더 나오기 전에 혈화지왕과 혈천무회를 서둘러 찾도록 하지요."

한데 후방으로부터 빠른 속도로 다가드는 내밀한 기척이 일행의 육감을 건드려 왔다.

하나가 아닌 다수.

생의 기운을 느끼기 힘든 마기들.

천공은 대번에 그 정체를 간파해 냈다.

"혈정강시들이군요."

움찔한 단희연이 두 눈을 동그랗게 떴다.

"네? 전부 처리한 것 아녔어요?"

"소수가 남아 있었던 모양입니다. 자, 어서 가요. 금 방 뒤따라갈 테니까."

천공이 혈해유영비를 전개해 기척이 난 쪽으로 사라지 자 단희연 등도 멈췄던 걸음을 다시 옮겼다.

십여 장 정도 나아갔을까.

백운마계환술이 점점 엷어지는 가운데, 일행의 전방에 웬 인영 하나가 아른거렸다.

선두에 선 단희연의 손짓에 일행은 신형을 멈춰 세웠 다.

"누구냐?"

그녀의 물음이 끝나기가 무섭게 예의 인영이 이십 보 거리로 다가왔다.

작은 체구에 화려한 두루마기를 걸친 왜인.

동방휘와 서란이 동시에 나지막한 외침을 발했다.

"사스케!"

단희연과 승궁인 등은 더 생각할 것도 없이 임전 태세 를 갖춰 내공을 한껏 이끌어 냈다. 그러자 사스케가 짙은 살기를 발산하며 칼자루를 움킨 채 입꼬리를 씰그러뜨렸 다.

사아악.

부드럽게 뽑혀져 나온 왜도가 빛을 번뜩 머금었다.

"본좌가 자리를 비운 틈을 노려 신나게 설쳐 댄 모양이구나. 하나······ 축제는 이제 끝이다."

＊　　　　＊　　　　＊

혈화지왕 종무린이 이끄는 혈천무회는 오십여 명의 사상자가 나왔지만 혈망회, 혈랑회는 거의 괴멸 직전이었다. 잔존한 전력이 열아홉 명에 불과했다. 또한 그 곁에 자리한 일반 강시도 다섯 구가 전부였다.

패가 나뉜 검수들 또한 마찬가지. 투항한 검수들은 일백 명 넘게 생존했지만, 구천혈궁 편에 선 검수들은 겨우 오십 명 남짓이었다.

종무린에 의해 마지막 버팀목이던 금선이 죽임을 당한 순간, 적의 사기는 그대로 바닥을 쳤다.

공력의 격차가 승패를 갈랐다.

혈천무회의 회원들은 그간 광명무상심법을 통해 내공이 진일보한 상태라 기본적으로 혈망회, 혈랑회보다 나은 무력을 뽐냈다. 사실 강시 무리가 없었다면 보다 일찍 끝났을 싸움이다.

종무린은 자신의 발아래 쓰러져 누운 금선의 시신을

잠시간 바라보다가 주변으로 눈을 돌렸다.

빠른 속도로 희미해지는 환영과 운무. 덕분에 제법 먼 거리까지 시야를 확보할 수 있게 되었다.

종무린이 이내 반대편에 자리한 적을 향해 말했다.

"구천혈궁의 명운은 여기까지다. 그만 포기해라."

혈망회, 혈랑회 회원들이 발끈해 저마다 욕설을 퍼부었다. 하지만 그 뒤쪽에 선 검수들은 저마다 눈치를 살피더니 삼삼오오 짝을 지어 혈천무회 쪽으로 옮겨 섰다. 그렇게 투항한 검수가 서른두 명이었다.

혈망회, 혈랑회 회원들은 깊은 절망감을 느꼈다.

"정녕 끝이란 말인가!"

"제기랄……! 이럴 수는 없어!"

한데 갑자기 저 뒤편에서 또렷한 전성이 메아리쳤다.

[멍청한 것들 같으니.]

사람들 시선이 일제히 그쪽으로 향한 순간, 희뿌연 공간 너머로 혈류각왕 함술과 오십여 명의 혈우회가 조금씩 모습을 드러냈다.

거기서 끝이 아니었다. 그들 뒤엔 삼십여 구의 일반 강시, 일백여 명의 검수들이 함께하고 있었다.

종무린이 낭패한 기색으로 주먹을 불끈 쥐었다.

'이런, 벌써 귀환하다니……!'

지척으로 다가온 함술이 그런 종무린을 보며 좌수를 쫙 폈다. 그러자 등에 매달린 도가 둥실 떠올라 그의 손에 이끌리듯 잡혔다.

혈망회 회원 하나가 신속히 함술 옆으로 가 예를 갖췄다.

"기다리고 있었습니다! 부디 저들을……."

투둑! 하며 회원의 머리가 잘려 나갔다. 말을 끝맺지 못한 것은 그 때문이었다.

함술이 가볍게 손짓을 보내자 혈우회와 강시들이 살기 등등한 기세로 혈망회, 혈랑회 회원들을 모조리 처치해 버렸다.

그 놀라운 광경에 종무린은 당혹감을 감추지 못했다.

"이 무슨……."

도를 갈무리한 함술의 입술이 씩 반월을 그렸다.

"혈화지왕, 살고 싶으면 도망쳐라."

그 목소리에 농후한 살기가 실려 든다.

안광을 번뜩인 종무린이 대뜸 열 손가락을 세워 내찌르자 열 가닥의 붉은 지력이 화살처럼 쏘아졌다. 그 방향도 제각각이었다.

일신의 장기인 혈향십지화(血香十指花).

동시에 함술이 쌍장을 뻗자 핏빛 기류가 소용돌이로

화해, 지력 전부를 끌어당겨 가루처럼 분쇄했다.

종무린은 경악을 금치 못했다. 방금 그것은 분명 혈장 웅왕이 구사하던 흡자결의 장법이었으니까.

직후 함술의 손톱이 기이한 소리를 내며 한 자 가까이 길어졌다.

'세상에! 혈조의 혈마력까지……?'

순간 종무린의 뇌리로 불길한 예감이 스쳤다.

함술이 손톱들을 따다닥! 부딪치며 싸늘한 음성을 발했다.

"도망치라니까. 난 예전의 내가 아니야."

흠칫한 종무린이 즉각 신형을 뒤돌리며 외쳤다.

"퇴각, 퇴각! 어서 본존의 후인과 그 일행을 찾아라! 이대론 위험해! 전력을 뭉쳐야 한다!"

*　　　　　*　　　　　*

사스케가 턱을 어루만지며 거만하게 웃었다.

"후훗. 언제까지 기다리게 만들 셈이냐."

독각혈망의 내단을 복용해 강해졌음이 분명했다. 그의 여유로운 표정과 태도가 그 사실을 대변하고 있었다.

굶주린 맹수, 그리고 지친 먹잇감.

현 상황이 꼭 그랬다.

대치하고 있던 단희연과 승궁인이 마침내 지면을 차고 돌진했다.

팍, 파박.

사스케의 좌측으로 접근한 단희연의 검이 최단거리를 찾아 사선을 그리며 살갗을 찢어 버릴 듯 날카롭게 쏘아 져 나갔다.

멸혼회무검법 제이초 표독검무(慓毒劍舞).

덩달아 승궁인은 상대의 우측을 노려 쌍수로 파옥신장 과 파옥신권을 한꺼번에 시전했다.

하나 둘의 공격은 허무히 바람만 갈랐다.

쾌속한 도약으로 공세를 회피한 사스케가 허공을 격해 하강하며 왜도를 좌우로 휘저었다. 그러자 강맹한 도기 가 맹우처럼 발출되었다.

퍼버버버벙, 카가가가강!

요란한 파공음과 금속성이 울리며 단희연, 승궁인이 좌우 십 보 밖으로 미끄러지듯 후퇴했다. 그런 둘의 몸엔 여러 개의 붉은 자상이 새겨져 있었다.

다행히 요혈이나 사혈은 다치지 않았다. 하지만 체내 기맥이 진탕된 탓에 무거운 현기증을 느꼈다.

지면에 내려선 사스케는 그대로 진격해 동방휘와 서란

을 노리고 들었다. 그에 질세라 광진이 우렁찬 일갈과 함께 행로를 가로막으며 업화신검을 내찔렀다.

화염을 동반한 검극과 기다란 왜도의 격돌.

쩌거엉—!

업화신검의 불길이 먼지처럼 흩어지며 칼자루를 검쥔 광진의 우람한 팔이 뒤로 꺾이듯 튕겨 나갔다.

사스케의 왜도는 이미 방향을 틀고 있었다.

츄하악!

광진의 왼쪽 팔꿈치가 뭉텅 잘려 나가며 바닥에 선혈을 흩뿌렸다.

"크으윽!"

통성을 지르는 광진의 머리 위로 사스케의 왜도가 재차 매섭게 떨어져 내렸다.

그 순간, 서야상의 손이 광진의 목덜미를 덥석 잡아채 당겼다.

간발의 차로 허공을 그은 사스케가 히죽 웃었다.

'훗, 순속의 혈마력인가.'

서야상의 초절한 경신 공부가 광진의 목숨을 구했다. 그녀는 얼른 광진을 부축해 뒤로 거리를 벌렸다.

'끄흑, 한쪽 팔을 잃다니…….'

광진으로선 그야말로 치욕이었다. 내공 상태가 온전했

다면 이렇듯 허무히 당하진 않았을 텐데. 심한 출혈로 그의 법복은 금세 축축이 젖어 들었다.

단희연과 승궁인이 어느새 사스케의 뒤를 노려 빠르게 쇄도하고 있었다.

"쯧."

성가시다는 표정을 지은 사스케가 쾌속한 보식으로 마주 돌진하며 왜도를 높이 쳐들었다. 그러자 어마어마한 기운이 뿜어져 나와 무려 이십 척의 거대한 도기로 변모했다.

"이것이 천패일도류다."

짧게 중얼거린 사스케가 왜도를 내리긋자 이십 척에 육박하는 도기가 허공을 격해 맹렬히 떨어져 내렸다.

단희연과 승궁인은 내공을 아끼지 않고 즉각 표풍난검무와 구풍폭렬장을 뿌렸다.

번쩍, 콰콰콰콰콰쾅—!

두 절기를 쇄파한 가공할 도세가 폭음을 연주하고, 먼지구름이 허공으로 비산했다.

뒤이어 그 너머로부터 단희연과 승궁인이 각혈하는 소리가 차례로 새어 나왔다.

필시 큰 내상을 입은 것이리라.

신형을 선회한 사스케는 똑같은 도기를 생성해 동방휘

와 선란 쪽으로 내리그었다.

슈아아아아아악—!

이십 척의 도기가 대기를 가르며 떨어진 그 순간.

측방에서 거대한 혈수가 벼락같이 솟구치더니 그 도기
를 단숨에 움켜 으스러뜨렸다.

24장.
정파(正派)의 의인(義人)들

구천혈궁 외곽의 숲 속.

범조의 뒤를 따라 걷던 사오량은 혈음격창에 당한 상처를 손으로 감싼 채 문득 고개를 뒤로 돌렸다. 그러자 저 멀리에 있는 구천혈궁의 전경이 두 눈에 담겨 들었다.

"동방휘…… 내 언제고 반드시 숨통을 끊어 놓겠어."

"어이, 난쟁이. 혈맥은 어떠냐? 난 가까스로 진정시켰다."

"시간이 좀 더 필요해. 쳇, 혈마맥 본존이 남긴 마학을 이곳에서 보게 될 줄은 예상도 못했다. 설마하니 혈마황의 후인이라니……."

사오량의 말에 범조가 나지막이 투덜거렸다.

"그 새끼가 지껄인 소리 들었지? 세상의 마는 모두 나의 적이다. 시벌, 우습지 않냐? 제 놈도 마도인 주제에. 본맥이 지맥을 멸하려 들다니, 도무지 납득하기가 힘들다고."

"가만…… 천마존이 절강성을 배회하고 있는 이유가 혹시 놈을 찾아 죽이기 위함은 아닐까? 상황이 이렇게 되고 보니 터무니없는 추측은 아닌 듯싶은데."

"뭐? 일천 년 전의 빚을 갚으려고? 아냐, 그럴 가능성은 희박해. 마가 연합이나 천마교나, 놈의 존재는 둘째 치고, 지맥인 구천혈궁이 잔존하고 있다는 사실조차 몰랐잖아. 그런데 무슨……."

말꼬리를 흐린 범조의 낯빛이 갑자기 일변했다.

"썅, 내가 그 생각을 못했군."

"음……?"

"만약 천마교가 괴멸한 것이 저놈 짓이었다면?"

사오량은 일순 귀가 솔깃했다.

"가만, 가만. 그러니까 녀석에 의해 천마교가 사라졌고, 그 후 부활한 천마존이 원한을 풀기 위해 녀석의 종적을 쫓는 중이다? 하지만 홀로 어떻게……."

"당연히 혼자 한 게 아니겠지. 분명 본맥을 추종하는 세력이 있었을 거야. 정신이 나가지 않은 이상 단신으로 천마교와 부딪쳤을 리는 만무하니까."

"그럼 왜 이곳엔 본맥의 세력이 나타나지 않은 걸까?"

"뭐, 당시 의문의 대폭발로 다 죽고 그놈 혼자 살아남았을 가능성도 염두에 둬야겠지."

"한데 철장신풍개, 용비검랑 등이 놈과 동행하고 있음은 어찌 설명할 거냐. 마도인 혈마맥과 모종의 동맹이라도 맺었다는 건가? 그것도 개방, 동방가처럼 대의명분을 중요시하는 정파 무문이⋯⋯? 본맥의 마도의 길을 포기했다 쳐도 그들 입장에선 부담이 너무 크잖아."

의문이 다시 원점으로 돌아갔다.

"시벌! 골만 아프네. 야, 잡소리 집어치우고 어서 떠나자."

그때, 날선 육감을 쓱 건드려 오는 내밀한 기척 하나.

흠칫한 범조와 사오량은 즉각 내공을 운용하며 전신의 감각을 곤두세웠다.

몇 호흡의 짧은 시간.

미세한 풍성이 이나 싶더니 삼 장 거리에 오십대 사내가 모습을 드러냈다.

중후한 인상과 더불어 범용치 않은 기품이 넘치는 자.

정광을 간직한 눈동자와 멋스럽게 드리운 수염, 그리고 아무런 문양도 없는 말끔한 청의가 왠지 그의 성격을 대변하는 듯했다.

범조와 사오량의 두 눈이 청의 사내의 옆구리에 걸린 검에 잠시 머물렀다.

"일류 검수……."

사오량의 중얼거림.

겉에 아무런 장식도 없는 밋밋한 칼집이라 초라해 보일 법도 한데, 일신의 장중한 기도가 그러한 느낌마저 완벽히 가려 버렸다.

이윽고 청의 사내의 입이 열렸다.

"혼탁한 기를 가졌구나."

외형만큼이나 위엄스러운 목소리에 사오량과 범조는 누가 먼저랄 것도 없이 마기를 개방했다. 덩달아 진득한 살기도 사위로 번졌다.

곧바로 이어진 청의 사내의 응대.

호르릉.

청아한 검명과 함께 우수에 쥐어진 칼이 서늘한 예기를 퍼뜨렸다. 동시에 숨 막히는 기염이 발산되어 상대의 마기와 살기를 아우르며 일대 공기를 무겁게 짓누르고 들었다.

발검세와 함께 바뀌어 버린 육중한 기도다.

단 일기(一氣)로 수만의 적을 제압하는 신장의 위용이

이러할까.

범조와 사오량이 아닌 여느 고수였다면 그 눈빛만 접하고도 질겁해 버렸을 것이다.

"구천혈궁 소속인가?"

청의 사내의 물음에 사오량이 검극을 똑바로 겨누며 미소로 말을 받았다.

"훗, 한가로이 문답을 나눌 자리가 아닌 것 같다만."

범조도 두툼한 손을 움직여 허리춤의 부채를 꺼내 들었다.

"시벌, 우리가 한낱 구천혈궁 떨거지로 보여?"

무표정하던 청의 사내가 별안간 내공을 운용하자 지면이 떨리며 검신 위로 아지랑이가 너울거렸다.

"육대마가……."

범조와 사오량의 눈빛이 미세하게 흔들리자 청의 사내가 목소리를 이었다.

"내 짐작이 틀리지 않았군."

담담한 음성 속에 은은한 적의가 실렸다.

찰나지간 사오량이 대월신마검법 제십장, 사멸의 초, 십지검림도를 시전했다. 그에 맞선 청의 사내의 검이 수직으로 선을 그어 내렸다.

검기의 숲을 일직선으로 가르는 첨예한 기파.

푸하아악—!

십지검림도를 돌파하며 삼 장 거리를 격한 검기가 사오량의 팔뚝 위에 긴 혈선을 새겨 넣었다.

"크윽!"

반응이 조금만 늦었다면 팔 전체가 잘려 나갔을 터.

온전한 상태였다면 막을 수 있었을까. 아니, 그전에 일검으로 십지검림도를 쇄파해 버린 청의 사내의 검력이 놀라울 따름이다. 제아무리 사오량이 다치고 지쳤다 해도 그가 발출한 검초는 결코 가벼이 여길 기예가 아니었다.

'저것, 위험한 놈이다!'

범조가 질세라 부채를 휘두르자 백색의 마기가 해일처럼 일더니 군마(軍馬)의 무리로 화해 돌진했다.

마격술(魔擊術) 기환마군세(奇幻馬軍勢).

천환마가가 자랑하는 상승 절기 앞에 청의 사내의 검극이 형언하기 힘들 정도로 장쾌한 검기를 쏘았다.

쿠아아아앙—!

간격의 중앙에서 격돌한 공력에 의해 일대 지면과 초목이 무참히 부서졌고, 경기(勁氣)의 잔해가 대기 중으로 파문처럼 퍼졌다.

팔 할의 공력을 실은 마학조차 능히 막아 내는 무위.

범조와 사오량은 거듭 상승 마공을 구사했지만 청의 사내는 철옹성이었다. 연거푸 공세를 방어하면서도 약간의 흔들림조차 자아내지 않았다.

 무인 특유의 오기가 발동한 사오량이 극성의 내공을 모조리 검날로 집중시켰다.

 "어디까지 버틸 수 있나 보자!"

 "난쟁이, 일단 진정하고……."

 말꼬리를 흐린 범조의 안색이 돌변했을 때, 사오량의 검은 이미 새로운 검초를 전개해 나가고 있었다.

 '시벌, 하나가 아니야!'

 범조는 즉각 환마장폐은신술로 몸을 숨기자, 동시에 사오량의 검날이 세차게 흔들리며 전방을 향해 무수한 검기를 토했다.

 슈슈슈슈, 슈슈슈슈슈―!

 초승달 형태의 푸른 검기 수십 개가 대기를 가른다.

 종장(終章), 섬백진공(纖魄進攻).

 대월신마검법의 정수라 할 수 있는 검초.

 청의 사내는 예의 자리에 선 채 검을 크게 휘돌려 원을 그렸다. 그 검영을 따라 용의 비늘을 연상시키는 광대한 기막이 생성돼 섬백진공을 마구 튕겨 냈다.

 "월영마가의 검식이구나."

그런 청의 사내의 등 뒤로 푸른 장포를 두른 검수들이 등장해 횡으로 길게 늘어섰다.

사오량은 그제야 범조가 도망친 것을 깨달았다.

'큭! 비겁한 돼지 새끼……!'

청의 사내는 서두르지 않았다. 그저 여유롭게 한 걸음, 한 걸음. 하나 동작이 느리게 느껴진 것일 뿐, 그 일보마다 압축되는 거리가 실로 엄청났다.

사오량이 신형을 뒤돌린 순간 또 다른 검수의 무리가 나타나 그 퇴로를 차단하고 섰다.

'이런 개 같은……!'

진퇴양난에 처한 사오량을 단죄하듯 지척으로 육박한 청의 사내의 검경(劍勁)이 거대한 용의 아가리로 화해 맹렬히 떨어져 내렸다.

*   *   *

부서진 도기의 잔해가 허공을 가득 수놓은 가운데, 사스케가 체내 기로를 따라 용솟음친 내력을 정돈하며 두 눈에 이채를 머금었다.

도합 세 번.

천패일도류의 가공할 참격이 세 번 연속으로 무참히

쇄파되었다. 이 장 거리에 태산처럼 우뚝 선 천공의 혈마라상지은현공에 의해서.

'핏빛 마기를 구사하다니…… 혹시 혈마맥과 연관 있는 놈인가?'

사스케가 잠시 의문을 떠올린 사이, 천공의 신형이 돌연 흐릿해지더니 자욱한 먼지구름을 뚫고 나아가 단희연과 승궁인을 부축해 나왔다.

뒤늦게 운신의 풍성이 요란스레 울리자 사스케가 흥미롭다는 듯 입꼬리를 씰룩였다.

'옳아, 혈천무회가 저놈을 믿고 설쳤던 것이로군.'

천공은 순식간에 동방휘 등이 자리한 곳으로 단희연과 승궁인을 옮겨 놓았다. 다행히 두 사람 모두 눈에 띄는 큰 외상은 없었지만 내상이 자못 깊어 안색이 창백했다.

뒤이어 천공의 시선의 광진에게로 머물렀다.

현재 광진의 상태는 악화일로로 치닫고 있었다. 일단 서야상이 응급조처를 취해 출혈의 양은 줄였으나 그대로 두면 목숨이 위태롭게 될 것이 분명했다.

동방휘를 부축하고 선 서란이 일렀다.

"그를 어서 무찔러야 해요."

천공이 고갯짓으로 대답을 대신하며 조용히 걸음을 뗐다.

'적이 더 모여들기 전에 끝내야 한다! 하나……'

주먹을 움킨 그의 우수로부터 작은 핏방울이 똑똑 떨어지고 있었다. 앞서 혈마라상지은현공을 통해 상대의 도기를 맞받은 여파로 손바닥을 베인 모양이었다.

'사스케의 공력은 나와 대등한 수준이다.'

외호금강경과 내보금강경을 이룬 자신의 신체를 상하게 만든 것만 보더라도 능히 짐작 가능한 사실.

펄럭.

사스케가 거추장스러운 두루마기를 벗으며 마주 걸음을 옮겨 나아갔다.

"네놈의 그 마공, 혈마력의 일종인 듯싶은데……."

"그렇다. 네 죄업을 뉘우치게 만들 힘이지."

천공의 대답이 사스케로 하여금 복잡한 의문을 품게 만들었다.

"혈마맥의 다른 지맥인가?"

"더 이상의 대화는 사양하지!"

천공은 하단전을 세차게 돌려 체외로 한층 강한 마기를 피워 올렸다. 그 순간, 사스케의 동공이 이채를 머금었다.

'가만, 그러고 보니 내가 이끌고 온 혈정강시 사십 구가 어느 틈에 사라졌다. 설마 저 녀석이……?'

가공할 압력을 내뿜는 천공의 마기 앞에 그러한 의문은 곧 확신으로 바뀌었다.

'허어, 그 정도로 무력이 출중하단 말인가?'

사스케는 실로 오랜만에 피부를 팽팽히 당기는 긴장감을 느꼈다. 그 방증으로 칼자루를 검쥔 손등 위로 푸른 핏대가 터질 듯 크게 불거져 있었다.

백운마계환술이 걷힌 공간은 비로소 주변 경물을 훤히 드러냈다. 그런 가운데 천공 등이 자리한 쪽으로 종무린이 이끄는 무리가 우르르 달려오는 것이 보였다. 또 그 뒤론 함술과 혈우회를 위시한 검수들과 강시들이 살기등등한 기세로 추격해 왔다.

천공은 그 광경을 눈에 담기가 무섭게 돌진했다.

'최대한 빨리 사스케를 무찌르고 상황을 정리해야 된다.'

주요 고수들이 부상을 입은 이상 시간을 끌면 불리해질 것이 자명한 일.

돌진하는 천공에 맞서 사스케도 내력을 모아 땅을 박찼다.

그렇게 일 장 간격을 두고 마주한 두 무인이 맹렬한 손속을 전개했다.

쉬이이익, 슈아아악!

횡으로 궤적을 내뿜는 칼날, 종으로 떨어져 내리는 손날.

천패일도류의 도초와 혈마단섬기가 십자 형태로 부딪치자 어마어마한 폭발음이 사위를 떨쳐 울렸다.

천공과 사스케의 상체가 반탄지력에 의해 휘청하며 한껏 젖혀졌다. 하나 두 다리는 여전히 지면에 고정된 채였다.

신속히 균형을 되찾은 두 무인의 팔이 다시 한 번 장쾌한 선을 그렸다.

쿠하아앙—!

도를 움킨 손을 타고 전해지는 음울하고 패도적인 마기에 사스케의 안색이 돌처럼 굳었다.

'무어냐, 이 마기는……?'

혈맥이 뜨겁게 팽창하는 듯한 생소한 기운.

잠시라도 긴장의 끈을 놓치는 순간 혈맥이 파열되어 버릴 것만 같은 느낌이다.

사스케는 신형을 뒤로 물려 거리를 벌리며 왜도를 고쳐 쥐었다. 그러자 칼날이 지이잉! 울음을 토하며 가볍게 떨렸다.

탐색전은 여기까지. 이제 본격적으로 판을 벌여 보자는 의미이리라.

안광을 번뜩인 사스케가 손목을 비틀며 칼을 세게 내지른 찰나 나선형으로 비틀린 광대한 도기가 소용돌이처럼 뿜어져 나왔고, 천공의 주먹 역시 그에 못지않은 붉은 소용돌이를 발출했다.

천패일도류의 고강한 도초 나상태도(螺狀太刀), 그리고 팔성에 이르러 더욱 견고해진 단혈회류마황권.

퍼버버버버벙!

거친 폭음이 터지며 기의 잔해가 물결처럼 퍼지는 가운데 사스케와 천공의 신형이 일 장 뒤로 미끄러지듯 후퇴했다.

우열을 가리기 힘든 공력의 격돌이었다.

하나 천공이 반 박자 빠르게 균형을 되찾았다.

곧바로 이어진 혈신마라공의 사대절기, 혈사마기포.

투투투투투툿—!

찰나의 틈을 비집고 연속적으로 쇄도해 드는 권경의 포탄에 흠칫한 사스케가 왜도를 휘둘러 기막을 펼쳤다.

꽈과광, 꽈과과광!

잇단 굉음에 예의 기막은 가루처럼 부서졌고, 육중한 충격에 밀린 사스케의 신형은 무려 이 장 가까이 튕겨 나가듯 세게 후퇴했다.

천공은 휘청거리는 상대를 향해 즉각 혈해유영비를 전

개하며 공간을 압축해 나갔다.

그 순간.

사스케의 입가에 한 줄기 희미한 미소가 맺혔다.

빠르게 나아가던 천공은 십 보 남짓한 거리에 이르러서야 그 미소를 발견했다.

'뭐지?'

의아함이 떠오르기가 무섭게 사스케가 선 자리의 주변 공기가 크게 흔들렸다. 동시에 왜도가 주인의 손을 벗어났다.

쐐애애애애액―!

대기를 투명하게 비틀며 허공을 격해 빛살보다 빠른 속도로 돌진하는 도.

천공의 두 눈이 급격히 커졌다.

'어도술(御刀術)……!'

쇄도하는 칼날과 더불어 살갗을 에는 듯한 도경(刀勁)이 전면을 휘몰아쳐 든다.

천공은 신속히 팔성의 공력을 발해 핏빛 기막을 펼쳐 몸을 보호했지만, 어도술의 가공할 힘은 그 기막을 단숨에 깨뜨려 버렸다.

쩌거엉, 퍼어어어엉!

요란한 파공음과 함께 천공의 신형이 이 장 뒤로 세게

튕겨져 나갔다. 앞서 사스케가 그랬던 것처럼.

"똑같이 되돌려 주었다."

사스케의 나지막이 말한 순간 도가 다시 새처럼 허공을 돌아 그의 손으로 날아가 잡혔다.

천공은 조용히 눈살을 찌푸렸다. 미처 예상치 못한 이 기어도의 충격에 의해 체내 기맥이 저릿저릿했기 때문이다.

'어도술을 구사하다니……!'

어도술, 달리는 이기어도(以氣御刀).

고절한 내공을 바탕으로 병기를 새처럼 날려 자유자재로 부린다는, 또한 그 성취에 따라 몇 십 장 밖의 상대도 날아가 척살할 수도 있다는 최상승 경지의 무공이다.

당금 강호에서 도를 쓰는 무인들 가운데 그와 같은 수위에 이른 자는 정파 하북호신팽가(河北虎神彭家)의 가주와, 사파 흠도문(欽刀門)의 문주, 두 명뿐이었다.

'독각혈망의 내단이 그로 하여금 이기어도까지 펼칠 수 있게 만든 모양이구나.'

쉽지 않은 승부가 되리라 짐작한 바이나 사스케의 성취가 그 정도로 고절할 줄은 몰랐다.

그 순간.

불길한 생각 하나가 뇌리를 스친다.

'설마…… 아직 모든 힘을 개방한 것이 아닌가?'

그런 천공의 속내를 읽은 듯 사스케가 조소를 보냈다.

"훗, 놀라긴 이르다. 지금부터 나의 진정한 힘을 보여 주도록 주마. 그 눈깔에 깊이 새기고 죽어라."

손을 놓자 도가 가슴 앞으로 둥실 떠올랐다. 뒤이어 놀라운 변화가 일어났다.

스스스스스슷.

칼날로부터 파생된 십여 개의 선명한 도기가 일렬로 쫙 펼쳐진 것이다.

형언하기 힘든 압력이 사위를 감싸자 천공이 두 주먹을 꽉 쥐며 극성의 내력을 운용했다.

'저렇듯 어도술을 변용해 구사할 정도로 내공 수위에 자신이 있다는 의미인가! 여하간 그가 가진 힘의 크기를 정확히 가늠해 볼 기회로구나!'

용과 호랑이가 다투듯 대기 중으로 뒤섞인 두 무인의 무형지기. 그러자 반경 오륙 장의 지면이 마구 갈라져 터지며 통성을 내질렀다.

여느 무인들 같으면 촌각도 버티지 못하고 다리가 꺾여 버릴 만큼 무거운 경기의 풍압이 두 무인의 신형을 중심으로 마구 휘몰아쳤다.

사스케가 손짓을 하자 중앙의 왜도와 그 좌우의 첨예

한 도기들이 맹렬히 쏘아져 나갔다.

슈아아아, 슈아아아아—!

한데 놀랍게도 하나하나가 그 행로가 달랐다.

'대단하다!'

내심 감탄한 천공은 혈극방호경기로 몸을 보호하며 두 주먹을 내질렀다.

최대 공력을 실은 혈사마기포.

투투투, 투투투툿!

그렇게 두 공세가 한데 어우러지며 어마어마한 폭발을 일으켰다.

콰콰콰콰콰쾅……!

한편 종무린이 이끄는 무리는 동방휘 등을 중앙에 두고 엄호하듯 둥글게 진을 펼쳐 자리했다. 그리고 뒤이어 함술 패거리가 더 커다란 원진을 만들어 그들을 포위하고 들었다.

"모조리 쓸어버려!"

함술의 일갈과 함께 두 번째 집단전이 막을 올렸다.

몸을 추스른 단희연과 승궁인은 내상을 감내하고서 그 싸움에 동참했고, 서란과 서야상은 각자 동방휘와 광진을 부축한 채 자리를 지켰다.

사방에 난무하는 병기 소리와 비명 소리.

시신이 하나둘씩 늘어나는 가운데 결국 원진이 무너졌다. 형태를 갖춘 싸움이 마구잡이식 싸움으로 바뀌었다. 그렇게 되니 지쳐 있는 종무린 일행이 한층 불리했다.

어느 순간.

"으윽!"

짧은 통성을 발한 종무린이 왼쪽 어깨를 붙잡고 황급히 신형을 뒤로 물렸다. 그런 그의 손가락 사이로 가느다란 핏물이 새어 나왔다.

함술이 자신의 기다란 손톱 끝에 맺힌 핏방울을 보며 히죽 웃었다.

"혈조여왕의 마학에 당한 소감이 어떤가?"

황급히 혈도를 눌러 지혈한 종무린은 커다란 의문을 지울 수 없었다.

'일대일로 감당하기 힘든 상대가 아닐진대…… 못 본 사이 일신의 공력이 비약적으로 증가한 것 같다!'

함술은 철조의 혈마력을 갈무리하며 등에 매단 검을 뽑아 들었다.

"후훗, 내 힘이 예전과 판이해 적응하기가 어려운가?"

"새로운 내공이라도 얻었느냐?"

"그렇다. 사스케 님께서 독각혈망의 내단이 가진 힘 일부를 선사하셨지."

그 말과 함께 함술의 발이 붕각의 혈마력을 발휘해 땅을 찼다. 방원 일 장의 지면이 움푹 꺼짐과 동시에 그의 신형이 쏜살처럼 나아가 종무린의 면전에 이르렀다.

쉬쉭, 쉭, 쉬이익!

상체의 요혈을 노려 연거푸 쇄도하는 검극에 맞서 종무린은 부지런히 지력을 발출해 방어했다. 하지만 함술은 우수의 검세에 덧보태 좌수로 혈영권왕의 마학까지 펼쳤다.

속성이 다른 무공을 한꺼번에 선보이는 그 재능은 실로 대단한 것이었다. 마치 검과 권이 조화를 이룬 새로운 형태의 무공을 접하는 기분마저 들게 만들었다.

결국 종무린은 손속이 차츰 어지러워지더니 허벅다리를 날카롭게 그이고 말았다.

"으윽……"

균형을 잃고 비척대는 종무린의 가슴팍에 함술의 좌권이 쾌속하게 와 닿았다.

퍼어억!

충격을 입은 종무린이 저만치 뒤로 날아가 엎어지며 두어 차례 각혈을 했다. 팔다리가 후들후들 떨리는 것이 아무래도 기혈이 뒤엉킨 듯싶었다.

바로 그때, 비수 여러 개가 함술을 향해 쇄도해 들었다.

차차차차창!

함술은 날랜 검격으로 비수들을 쳐 내며 한옆으로 시선을 던졌다. 그러자 광진을 부축하고 선 서야상의 모습이 눈에 들어왔다.

'훗, 지아비를 지키고자 함이냐?'

냉소한 함술은 즉각 그리로 운신을 전개했다. 하나 승궁인이 어느새 행로를 가로막으며 손바닥을 빠르게 질렀다.

파아아아아—

사납게 터져 나오는 장세, 백결장법에 맞서 함술도 질새라 마주 일장을 강하게 내밀었다.

생전 혈장웅왕의 절기인 혈류마장이었다. 붉은 장력은 그대로 백결장법을 감싸듯 뭉그러뜨리더니 상대의 몸에 장적(掌跡)을 새겨 넣었다.

커억! 하고 피를 한 모금 토한 승궁인이 위태로운 움직임으로 후퇴한 순간, 단희연이 보법을 밟아 함술의 좌측을 노려 돌진했다.

함술의 검과 그녀의 검이 상하를 빠르게 오르내리며 예리한 춤사위를 벌였다. 순식간에 오 합을 겨뤘지만 단희연의 검은 급격히 기세를 잃고 휘청댔다.

'으흑, 안 돼! 못 버티겠어!'

그녀는 신속히 후퇴해 어렵사리 몸을 일으킨 승궁인 곁에 서며 마구 날뛰는 기맥을 다스렸다. 한껏 일그러진 표정만 봐도 내상이 악화되었음이 분명했다.

그사이 서야상은 다친 광진을 데리고 멀찍이 자리를 옮긴 상태였다. 또한 이십여 명의 검수들이 그 주변을 병풍처럼 둘러싸 엄호하고 있었다.

함술이 입꼬리를 씰룩거렸다.

'쳇! 날랜 계집 같으니……. 저년은 경공술이 출중해 상대하기가 까다로우니 나중에 처리하자.'

대뜸 목표를 바꾼 그가 발바닥에 내력을 실어 돌진했다.

서란, 그리고 동방휘.

"란, 어서 피해!"

"당신을 두고 그럴 수 없어요!"

서란은 도리어 동방휘를 부축하고 있는 왼팔에 잔뜩 힘을 주었다. 그 바람에 어깨의 상처가 벌어져 피가 주르륵 흘렀지만 개의치 않았다.

어느덧 십 보 거리로 들이닥친 함술이 고강한 검격을 뻗었다. 그 위력을 대변하듯 내려치는 칼날의 궤적을 따라 공기가 세차게 진동했다.

서란도 잽싸게 우장을 내질러 맹독의 기운이 서린 검

푸른 장력을 뿜었다.

쾌쾅! 하는 파공음과 더불어 서로의 공력이 상쇄되어 흩어졌고 서란의 교구가 앞뒤로 비척거렸다.

"으흑."

성치 않은 몸으로 무리하게 내력을 이끌어 낸 탓에 심맥이 흔들려 입가로 가느다란 선혈이 흘렀다. 그럼에도 불구하고 동방휘를 부축한 손은 굳건했다.

함술은 호흡을 멈춘 채 장풍을 쏘아 독기의 잔해를 흐트러뜨렸다. 맹독의 기운이기에 숨을 들이키면 자칫 중독될 위험이 있기 때문이었다.

서란은 낭패한 얼굴로 이를 으물었다.

'회심의 일장이었는데 이토록 허무히…….'

대항할 공력이 부족했다. 아니, 마지막 절기 하나를 구사할 정도의 내공이 남아 있긴 했지만, 만약 그것을 구사하게 되면 곁의 동방휘는 물론이고 주변의 아군까지 다치게 만들 가능성이 컸기에 함부로 꺼내 들 수 없는 상황이었다.

그것을 간파한 함술이 득의양양한 얼굴로 말했다.

"저승길이 혼자가 아니라 외롭진 않을 것이야. 후훗."

땅을 박찬 그가 순식간에 거리를 좁히며 검격을 날렸다.

쐐애애애애액—

위에서 아래로 매섭게 직하하는 검날.

바로 그때.

그들이 마주한 간극 가운데로 섬광처럼 비집고 들어온 한 인영.

함술 등이 깜짝 놀란 찰나 불청객의 손에 쥐여진 검이 핑그르르 회전해 상대의 검격을 내쳤다.

까가강!

쇳소리가 울림과 동시에 불청객의 검극이 쏘아지듯 내 뻗쳤다. 육안의 쫓음을 불허하는 속도였다.

함술이 급한 대로 검을 눕힌 순간 예의 검극이 그 칼날 표면을 강하게 두드렸다.

쩌정—!

충돌한 지점으로부터 방대한 아지랑이가 퍼지며 함술의 신형이 일 장 밖으로 튕기듯 밀려났다. 단순한 찌르기에 같았는데 그에 실린 위력은 실로 대단했다.

'욱! 이런 힘이라니……!'

가까스로 균형을 잡고 선 함술의 손목이 파르르 떨림을 자아냈다. 칼날에 내력이 주입된 상태였기에 가까스로 낭패를 면했다. 그게 아니라면 십중팔구 검이 부러졌을 것이다.

함술의 눈동자로 불청객의 모습이 고스란히 담겨 들었다.

청의 차림의 오십대 검수.

앞서 구천혈궁 외곽의 숲에서 사오량을 상대로 무시무시한 검력을 뽐내던 바로 그 인물이었다.

동방휘가 경악에 가까운 소리를 내뱉었다.

"아, 아버님!"

함술은 물론이고 주변에 있던 사람들 모두 믿을 수 없다는 표정을 지었다.

용문검신 동방표호.

한낱 나뭇가지도 그가 쥐면 절세 명검으로 변한다는 초인 반열의 검수.

당금 무림의 정점에 서 있다는 십대무신의 일인이 이곳에 등장했다. 그 누구도 예상하지 못한 일이었다.

실물을 처음 접하는 단희연은 저도 모르게 나지막한 탄성을 흘렸다. 팔성에 도달한 천공을 웃도는 절륜한 기도를 감지한 까닭이다. 적어도 천공이 구성에 이르러야 그와 비등할 듯싶었다.

혈우회원 네 명이 동방표호의 좌우를 노려 쇄도했다. 하지만 간격을 좁히기가 무섭게 모조리 가슴을 꿰뚫려 쓰러져 죽었다.

동방표호의 초절한 검술.

볼 수도, 느낄 수도 없는 전광석화의 검세였다. 그저 희미한 풍성만 귓가에 와 닿았을 뿐…….

시끄럽던 파공성과 금속성이 차츰 줄어들더니 장내엔 이내 무거운 정적이 내려앉았다. 귀에 들리는 소리라곤 저 멀리 천공과 사스케가 공력을 겨루는 폭음만이 전부였다.

빠드득 이를 간 함술이 발악적으로 소리쳤다.

"상대는 십대무신이다! 섣불리 덤비지 말고 잠시간 전열을 가다듬어라!"

명을 받은 혈우회와 그 패거리가 일사불란하게 함술이 자리한 쪽으로 옮겨 서 부채꼴의 진을 이뤘다. 그들은 사상자가 거의 없다시피 했다. 반면 종무린 쪽은 삼분지 일에 가까운 전력을 잃은 상태였다.

"절세 고수 한 명이 가세했다고 전황이 달라질 것이라 생각했다면 큰 오산……."

함술은 말꼬리를 흐리며 입을 닫고 말았다.

후방으로부터 푸른 장포를 두른 팔십여 명의 검수가 질풍처럼 나타나 퇴로를 차단하듯 도열했기 때문이다.

한 명, 한 명, 막강한 기도가 넘실거리는 그들은 바로 가주 직속의 청룡제일검대와 동방휘 휘하의 청룡제사검대였다.

통칭 청룡신검대(靑龍神劍隊).

열 개 대대(大隊)로 구성된, 청룡동방세가가 자랑하는 최정예 검수 집단.

뜻밖의 등장은 거기서 끝나지 않았다.

"꼴이 가관이구나. 본방의 이름에 먹칠을 할 셈이냐."

누더기를 걸친 육순 노인이 뒷짐을 지고서 승궁인과 단희연 옆에 우뚝 서 있는 것이 보였다.

"사부님! 어떻게 이곳에……?"

승궁인의 외침에 단희연이 놀라움을 감추지 못했다.

여태백.

쇄천호개(碎天豪丐)라 불리는 현 개방의 용두방주.

동방표호와 더불어 정파를 대표하는 대정십이무성에 이름을 올린 강자의 등장에 함술은 저도 모르게 식은땀을 흘렸다.

설상가상 여태백도 혼자 온 것이 아니었다.

개방 고유의 병기 타구봉(打狗棒)을 든 일백여 명의 방도들이 좌우 방향을 봉쇄하고 선 채 저마다 짙은 투기를 발산하고 있었다.

여태백이 잿빛 수염을 어루만지며 말했다.

"못된 개는 두들겨 패야 말을 듣는 법이지."

그것을 신호로 개방도들이 지면을 박차고 적을 향해 나아갔다. 동시에 청룡신검대도 발검과 함께 장포를 펄럭이며 내달렸다.

함술이 내력을 실어 고함쳤다.

"수에서 밀리니 사방호진(四方護陣)을 구축해라! 조금만 버티면 사스케 님께서 도우러 오실 것이야!"

그의 독려에 혈우회와 강시들, 그리고 휘하 검수들은 즉각 삼방으로 쇄도하는 상대에 맞서 장방형의 진을 폈다.

카가강, 채챙, 꽈우웅, 콰광……!

수백 명이 한데 사납게 뒤엉키자 온갖 시끄러운 소리가 대기에 메아리쳤다.

혈천무회와 투항한 검수들도 이내 그 싸움에 합류해 청룡신검대와 개방도들을 도왔다. 물론 부상이 심하거나 몸을 가눌 여력이 없는 자들은 자리를 지키며 서로를 돌보았다.

동방표호가 의아한 표정으로 그들을 바라보다가 곧 동방휘를 향해 물었다.

"다들 너와 한편인 것이냐?"

"……그렇습니다, 아버님."

동방휘의 대답에 동방표호는 다시 고개를 돌려 종무린, 서야상, 광진 등을 차례로 눈동자에 담았다.

'허어, 무승도 끼어 있다니……. 정, 사, 마에 속한 이들이 한편이 되어 구천혈궁 일당에 맞섰단 말인가?'

도무지 불가해한 일. 전후 사정을 모르니 당연히 그럴 수밖에.

동방표호는 품속의 환약을 동방휘와 서란에게 건넨 다음 신속히 광진 곁으로 갔다.

"스님, 어서 이것을 삼키도록 하시오. 출혈을 멈추고 내상이 더 악화되지 않게 막아 줄 것이외다."

광진은 환약을 복용한 후 꺼질 듯한 목소리로 일렀다.

"아미타불…… 저들을 의심하지 마시구려. 비록 마공을 익힌 몸이나 그 마음은 정도를 추구한다오."

"소림사는 아닌 듯한데, 사문이 어떻게 되시오?"

"고려 항마군 출신으로, 법명은 광진이오. 유실한 신병을 되찾고자 이곳에 왔고…… 그 과정에서 자연스레 아드님 일행과 협력하게 되었다오."

광진의 말에 이어 서야상이 조심스럽게 입을 뗐다.

"방금 전까지 육대마가 마인들이 이곳을 장악하고 있었습니다. 아드님을 다치게 만든 것도 그들 짓이랍니다."

동방표호의 음성이 그녀의 말꼬리를 잘랐다.

"안 그래도 앞서 육대마가의 두 마인과 조우했소. 천환마가의 마인은 도망쳤고, 월영마가의 마인은 내 손에 죽었다오."

"아, 그러셨군요. 저희는 육대마가와 무관합니다. 또 구천혈궁의 마학을 습득했지만 정작 마심은 버렸습니다. 이 싸움이 끝나면 자초지종을 설명해 드릴 것이니…… 일단 제 일행을 믿어 주시기 바랍니다."

서야상에 이어 광진도 단호한 눈빛으로 말했다.

"내 불가에 바친 생을 걸고 보증하는 바요. 정 믿지 못한다면 차후 끌고 가 심문을 해도 좋소. 기꺼이 응하리다."

다른 사람도 아닌 정순한 내공을 가진 불가 무승이 그렇게까지 말하니 동방표호로서도 의심을 거두지 않을 수 없었다. 반대로 뇌리의 의문은 이전보다 더 크게 똬리를 틀었다.

그들이 대화를 나눈 짧은 시간 동안, 전세의 균형은 한쪽으로 급격히 기운 상태였다.

청룡신검대의 무위는 과연 세간의 명성 그대로였다. 흔히 청룡검수란 칭호로 불리는 최정예 집단답게 두 개 대대만으로도 엄청난 힘을 과시했다.

그 중심엔 제일검대 대장이자 동방표호의 사촌 대검룡

(大劍龍) 동방평(東方評)과, 제사검대 부대장 창검룡(蒼劍龍) 초한(楚寒)이 있었다.

동방평과 초한의 정확한 지휘 아래 두 검대는 청룡동방세가의 대표 검진인 유룡검진(流龍劍陣)으로 적의 사방호진을 허물어뜨렸고, 그 틈으로 진입해 들어 다시 각기 다른 행로의 유룡검진을 펼쳐 적의 혼을 빼 놓았다.

그들이 뿌리는 일련의 검술을 마치 여느 검수의 칼질과 비교당하길 거부하는 듯 가히 거침이 없었다.

적의 사방호진이 창살이자 방벽이라면, 청룡신검대의 유룡검진은 그것을 자유로이 넘나드는 바람이요, 손에 잡히지 않는 구름이었다.

두 패로 나뉜 개방도들 또한 청룡신검대에 못지않은 위력적인 합격진을 구사했다.

기실 그들은 일반 개방도가 아니었다. 방내 십당(十堂) 중 가장 난폭한 무공을 구사한다는 맹개당(猛丐堂) 소속의 거지들이었다.

당주인 맹호개(猛虎丐)의 명을 따르는 방도들의 운신은 언뜻 사납고 무질서해 보였으나, 그 속엔 내밀한 보행 규칙이 존재했다. 그것은 안목이 높은 자가 아니면 쉬이 파악하기 힘든 묘리였다.

개방의 삼대진법 타구연환진(打狗連環陣).

소림사의 나한대진(羅漢大陣) 다음으로 장구한 역사와 오랜 전통을 자랑하는 절진.

유룡검진과 타구연환진에 의해 크게 흐트러진 사방호진은 걷잡을 수 없이 무너져 내렸고, 청룡검수들과 개방도들은 그러한 적을 빠른 속도로 잠재워 나갔다. 또한 혈천무회 일행도 그에 힘을 보탰다.

전세는 순식간에 역전되었다. 하나 만약 천공이 이곳에 없었다면, 그로 인해 혈정강시 무리가 아직도 건재했다면 싸움의 양상은 사뭇 달랐으리라.

한편 여태백은 자신의 진기를 이용해 승궁인의 내상을 보살핀 다음 나지막이 물었다.

"저쪽에…… 왜국 무사와 겨루고 있는 정체불명의 마인은 누구냐?"

그런 여태백의 시선이 저 멀리 자욱이 피어오른 먼지구름에 머물렀다.

천공과 사스케의 가공할 공력이 충돌하며 만들어 낸 광대한 먼지구름. 둘은 아직까지 그 속에서 치열한 겨룸을 이어 나가고 있는 듯싶었다. 끊임없이 거리를 격해 들려오는 파공성이 그 증거였다.

"제 동료입니다. 아니, 의제(義弟)입니다."

승궁인의 망설임 없는 말에 여태백의 동공이 이채를

발했다. 그로선 미처 예상치 못한 대답이었다.

"무어라? 허어, 마인과 의를 나누었단 말이냐?"

개방의 후개가 마도에 몸담은 무인을 감싸다니, 결코 있을 수 없는 일이었다.

곁에 있던 단희연이 지친 표정으로 말을 보탰다.

"방주께서 제 말을 어떻게 여기실지 모르겠지만……
그가 이곳에 없었다면 다들 지금까지 버티지도 못했을 거예요."

여태백은 심기 깊은 노고수답게 그녀의 음성에 담긴 진심을 읽어 냈다.

"의외로군, 참으로 의외야. 그나저나 냉옥검녀 그대는 어쩌다가 여기로 발을 들였는고? 귀검성주가 내린 임무를 수행 중이었나?"

"전 이제…… 귀검성 사람이 아니랍니다."

잠시간 뭔가를 생각하던 여태백이 이내 단희연과 승궁인의 얼굴을 번갈아 보며 의미심장한 웃음을 흘렸다.

"허헛. 사람 인연이란 참으로 오묘하도다. 어떤 사연인지 자못 궁금하구나."

그때, 무리에서 갈려 나온 일반 강시 이십여 구가 여태백 등을 둥글게 포위하듯 쇄도해 들었다.

"내 귀물들을 처리한 다음 그를 돕도록 하마!"

둘도 없는 제자를 위해 내린 과단, 이미 마도와 관련한 명분 따윈 머릿속에서 지웠다.

개방 최고수, 여태백의 쌍장이 춤을 추듯 회전했다.

자신이 창안한 절기, 구풍폭렬장.

노쇠한 몸에서 뿜어진 장세라곤 생각되지 않는 무시무시한 공력이 장심을 통해 발출되었다.

콰아아아, 콰아아아아—!

거센 돌풍과 함께 무수한 장영이 폭발하듯 사방으로 뻗치자 대기가 사납게 찢기며 울부짖었고, 장력을 받은 강시들은 추풍낙엽처럼 일제히 튕겨져 나가 바닥을 나뒹굴었다. 그중 절반은 머리통이 깨져 더 이상 움직이지 않았다.

여태백은 그 기세를 타고 신형을 일으켜 세우는 강시들을 노려 돌진하며 개방의 상승 절학을 차례로 꺼내 펼쳤다.

인파 속에 갇혀 부지런히 손속을 놀리던 함술은 그 장면을 보고서 절망했다. 어떻게든 활로를 뚫어 보려고 일반 강시들을 따로 빼 보낸 것인데, 그마저 신통치 않자 가슴이 꽉 막히는 기분이었다.

그래도 현재 함술의 몸은 상처 하나 없이 멀쩡했다. 그저 내력만 소진했을 뿐.

피 튀기는 난전 속에서도 그의 무위는 단연 돋보였다. 그 증거로 함술 주변엔 청룡검수와 개방도 여남은 명이 싸늘한 주검으로 화해 아무렇게나 널브러져 있었다. 심지어 제사검대 부대장 창룡검 초한도 그와 맞서다가 가벼운 외상과 내상을 떠안고 말았다.

'제길, 사스케 님께선 아직도 놈과 싸우고 계신 건가?'

벌써 전력의 절반이 목숨을 잃었다. 이대론 반각도 못 가 몰사할 것이 자명했다.

그 순간.

함술은 목덜미로 불쑥 와 닿는 날선 기도를 감지했다.

황급히 신형을 뒤돌리니 오 보 간격에 동방표효가 우뚝 서 있었다. 그런 동방표효의 발밑엔 혈우회원 여러 명이 가슴을 찔려 죽어 있었다.

'치익! 용문검신!'

이를 악문 함술의 이마로 굵은 핏대가 솟았다.

동방표효가 담담한 음성을 흘려보냈다.

"네 내공으론 감당하기 힘들 것이야."

단지 기감만으로 상대가 보유한 공력의 극점을 파악해 낸 것일까.

초인의 영역에 발을 들인 자.

팔성에 이른 천공의 힘을 웃도는 자.

현세 최강이라는 십대무신, 그 반열에 당당히 명호를 올린 영웅이기에 불가능한 일도 아니리라.

검 하나로 천하를 호령하는 최강의 검수가 살기를 내뿜기 시작했다. 그 눈빛을 대하고 있자니 전신이 검상에 의해 찢겨 나가는 듯한 느낌이었다.

"이판사판이다!"

일갈한 함술이 땅을 박차며 극성의 공력이 실린 검극을 쾌속하게 질렀다.

상대가 십대무신이라 하여 망설일 때가 아니다. 어차피 사스케가 올 수 없는 상황이라면 스스로 활로를 찾는 수밖에 없다.

질세라 동방표호의 검극도 빠르게 내뻗쳤다. 그러자 검극과 검극이 한 치의 오차도 없이 마주했다.

쩌정―!

신기에 가깝단 말로도 부족할 만큼 놀라운 광경.

뒤이어.

끼기기기기긱.

동방표호의 검력에 의해 함술의 칼이 나선형으로 뒤틀리며 무참히 파괴되었다.

함술의 두 눈이 경이와 공포로 물들었다. 하나 고수답

게 반응은 빨랐다. 팔목까지 비틀리기 전에 잽싸게 칼자루를 내던졌던 것이다.

그런 함술이 즉각 도를 뽑아 들자 동방표호가 흥미롭다는 듯 눈동자를 빛냈다.

'검법에 도법까지?'

날카로운 파공음과 함께 매섭게 전개된 도법.

함술의 도가 치명적인 살초를 연거푸 전개했지만 동방표호의 검은 그것을 모조리 쇄파해 버렸다.

불과 몇 합 만에 쩌저적! 하며 깨진 도날의 파편이 사방으로 비산했다.

하단전을 더욱 빠르게 돌린 함술은 숨 고를 틈도 없이 붕각의 혈마력을 비롯해 철조, 파권, 쇄장의 혈마력을 무차별적으로 퍼부었다.

연속적으로 대기를 울리는 파공음. 그러다가 함술의 입에서 돌연 괴로운 비명이 터졌다.

"으아아아악!"

동방표호의 검에 절단된 왼팔이 바닥을 붉게 물들였다.

"검, 도, 조, 권, 장, 각……. 그 어느 것 하나도 서투른 구석이 없구나. 실로 하늘이 내린 재주로다."

천하의 용문검신으로부터 그러한 찬사를 들을 수 있는

무인이 과연 몇이나 될까.

"끄흐윽…… 닥쳐라!"

함술이 발악한 순간 쾌속한 검세가 오른팔마저 절단했다.

"으아악, 으아아악……!"

"그토록 엄청난 재능을 고작 악업을 쌓는 데 쓰고 있었느냐? 참된 길을 걸었다면 명예로운 무인으로서 이름을 남길 수 있었을 터인데."

털썩 주저앉은 함술이 핏발 선 눈으로 몸을 부들부들 떨다가 힘겹게 이기죽거렸다.

"크으윽…… 더러운 중원 놈……! 시답잖은 훈계는 집어치우고…… 어서 끝을 내라!"

가만히 혀를 찬 동방표호는 우수의 검을 추켜들었다.

츄츄츄츄츄츄!

대자연의 만고불변의 기상이 서린 듯한 웅혼한 진기가 검으로 모여들기 시작했다. 동시에 검날 좌우로 푸른 광채가 무럭무럭 뿜어지며 형언하기 힘든 고강한 압력을 뿌렸다.

드드드드드! 쩌저적, 쩌저저저적—!

일대 지면이 요란하게 흔들리며 어지러이 금을 그렸다.

직후, 위로 뻗은 칼날을 따라 일어난 청색 기파가 이내 아홉의 거대한 청룡으로 화해 맴돌자 대기 전체가 투명하게 일그러지며 괴성을 토했다.

꽈르르릉, 꽈르르르릉!

인세를 초월한 미증유의 검력이 여기에 있다.

흡사 천상의 용들이 지상에 강림해 신력으로 칼을 벼리는 것 같은 광경이었다. 웅장함, 가공함, 화려함……그 어떤 수식어로도 표현하기 힘들 만큼 초절한 위용이 하늘과 땅을 격동시켰다.

어지간한 함술도 그 검기를 접하자 전신에 소름이 오싹 끼쳤다.

'저, 저건…… 사람이 발휘할 수 있는 검기가 아니다!'

동방표호의 별호에 왜 '검신'이란 두 글자가 붙은 것인지 비로소 알 것 같았다.

그때, 청룡검수들 중 한 명이 다급히 내공을 실어 고함쳤다.

"다들 어서 오 장 밖으로! 휩쓸리면 우리도 다친다!"

청룡신검대와 맹개당 정예는 일제히 공세를 멈추고 물결 퍼지듯 사방으로 후퇴했다.

구룡번천검(九龍翻天劍).

청룡원광검옥을 능가하는 가내 최고, 극강의 비기.

동방표호의 팔이 소맷자락을 펄럭이며 세차게 떨어져 내렸다. 그리고 그 궤적을 따라 아가리를 쩍 벌린 아홉 마리 용도 맹렬히 낙하했다.

쿠콰콰콰콰콰쾅—!

25장.
혈마강림(血魔降臨)

쿠르르릉─!

공력의 충돌이 고막을 찢을 듯한 뇌성을 파생시켰다. 덩달아 지진이 인 것처럼 요란하게 흔들려 깨지는 정원 바닥. 가히 인간의 한계를 초월한 대결이었다.

천공과 사스케.

두 무인의 신형은 맹렬히 얽히고 합해지다가 다시 흩어지길 반복하며 손속을 나눴다. 시간이 흐르면 흐를수록 더 강하고 더 육중한 절기가 공간을 메우고 들었다.

찰나의 방심조차 용납되지 않는 접전임을 대변하듯 둘의 이마엔 송골송골 땀방울이 맺혀 떨어졌고, 휘몰아치는 경기의 파도에 의복은 갈기갈기 찢겨 바람에 나부꼈다. 그렇게 생사존망을 걸고서 현란한 공방을 주고받던 천공과 사스케가 어느 순간 일 장 간격을 두고 자리하며 조용히 호흡을 골랐다.

칼자루를 고쳐 쥔 사스케의 얼굴은 돌처럼 굳어 있었다.

어느덧 사라져 버린 미소.

이기어도를 시전했을 때부터 시종일관 입가에 맺혀 있던 여유로운 웃음이 거듭된 공방 속에서 조용히 자취를 감추고 말았다.

눈앞의 자리한 천공, 바로 그 일신의 견고한 무위 때문이었다.

'크음! 어도술을 아홉 번이나 막아 내다니……. 도대체 놈의 진짜 정체가 뭐지?'

기실 막대한 내력 소모를 필요로 하는 이기어도를 아홉 번이나 펼쳐 보인 것도 놀라운 일일진대.

사스케가 도극을 앞으로 겨누며 말했다.

"칭찬받아 마땅할 무력이구나."

순간 천공의 신형이 한 차례 가볍게 흔들렸다. 근력과 내력이 빠르게 소모되었다는 증거다.

그것을 본 사스케의 입술이 예의 미소를 되찾았다.

"후훗. 드디어 몸이 지친 모양이구나."

목소리에 담겨 나오는 우월감, 그리고 안도감.

기감을 돋운 그는 예리한 시선으로 천공을 내리훑었다.

'어렴풋이 느껴진다. 놈의 체내 공력은 어림잡아 사할 미만…… 독각혈망의 내단으로 힘을 얻지 않았다면 힘든 승부가 됐을 것이야. 훗, 여하간 승기는 내게 기울었다.'

그는 자욱한 먼지구름 너머 저 멀리에서 느껴지는 청룡신검대와 맹개당의 격렬한 기척을 감지한 터였다.

'어서 놈을 죽여 없애고 함술을 도와야겠군.'

우우우웅—

왜도가 경쾌한 울음을 발하며 날카로운 나신을 부르르 떨었다. 이내 칼날을 타고 번지는 살기와 예기가 무형지기로 화하자 먼지구름에 휩싸인 공간의 지면이 쿠르릉! 진동했다.

천패일도류를 응용한 어도술을 아홉 번이나 구사했음에도 불구하고 사스케의 체외로 뿜어진 육중한 경기는 여전히 처음과 같은 가공할 압력을 선사하고 있었다.

사스케가 왜도의 도극을 정면으로 향하게 들며 말했다.

"나이를 초월은 그 무위는 가히 절정이라 평할 만하다. 하나…… 난 이미 독각혈망 내단을 복용함으로써 십

대무신과 견줘도 밀리지 않는 힘을 얻었지. 지금껏 잘 버
텼다만, 끝을 낼 때가 되었구나."

천공이 아무런 대꾸가 없자 사스케의 입꼬리가 더욱
뾰족이 올라갔다.

"갑자기 벙어리가 되었느냐? 하긴 네가 이 정도로 고
강한 힘을 경험해 본 적이 있을 리는 만무할 터."

"……그 정도의 고강한 힘이라."

"네 정체 따윈 관심 없다. 그저 내 칼 아래 죽기나 해
라."

"그래, 일신의 무력에 자부심을 가질 만하다. 하지
만……."

천공은 순간 머릿속으로 한 인물을 떠올렸다.

천마존 섭패.

마도 무림의 하늘이라는 천마교를 이끌고 새외, 나아
가 중원에까지 위명을 떨쳤던 최강의 마인.

항마조 조장에 오른 이래로 자신과 유일하게 일백 초
이상의 경합을 벌였던 자.

생사에 대한 두려움, 호적수를 만난 설렘, 그것은 천
마존 이외의 상대에겐 단 한 번도 느껴 보지 못했다. 당
시의 승부가 남긴 여운은 아직까지도 심중 깊이 자리 잡
고 있었다.

"……부족하다. 아니, 약하다."

"뭣?"

"내가 예전에 겨뤘던 상대는 네가 상상도 할 수 없는 경지에 이른 무서운 상대였다. 가히 하늘을 넘볼 만했지. 천하의 십대무신조차 맞상대를 꺼렸을 정도로……."

사스케가 피식 실소했다.

"홋, 그런 강자와 겨루었다고? 네가?"

"현재 내 힘은 십대무신 반열에 들기엔 조금 부족하지. 그렇지만 너 역시 마찬가지다. 단순히 길을 아는 것과 그 길을 직접 걸어 보는 것, 그 차이는 네가 생각하는 이상이다. 그들이 왜 십대무신으로 불리는지 직접 경험해 보지 않으면 절대 알 수 없는 법."

십대무신의 가공할 무위, 천공은 그에 대해 잘 알고 있었다.

바로 자신의 스승이자 소림사 장문방장인 일화가 십대무신의 일인이었으니까.

"죽을 때가 임박하니 헛소리를 지껄이는군."

사스케는 살의에 찬 얼굴로 천패일도류 내 최고 도초 우류패기참(雨流覇氣斬)을 준비했다.

왜도의 도극이 하늘로 향하자 사방을 가득 메운 먼지 구름이 그 기류에 휘말려 솟구쳤다. 그때, 사십여 장 떨어진 곳으로부터 어마어마한 기운이 폭발하는 것이 느껴졌다.

흠칫한 사스케가 얼른 시야를 확장했다.

'아니……?'

천공의 어깨 너머 저 멀리, 여태백이 무시무시한 장세로 강시들을 무찌르는 장면과 동방표호가 광대한 검기를 발출해 수많은 인원을 단숨에 참살하는 장면이 두 눈에 차례로 담겨 들었다.

'제길, 저 고수들은 또 누구인가!'

애초에 천공만 처리하면 될 것이라 여겼는데, 자신의 명백한 오판이었다.

사실상 끝난 싸움.

비록 먼 거리이나 육감만으로도 짐작 가능했다. 전세는 이미 기울대로 기운 상태였다. 분하지만 인정하지 않을 수 없었다.

'믿었던 함술마저 죽은 모양이구나! 큭…… 이쯤에서 그만 몸을 빼야 하는가!'

천공과 싸우는 데 신경을 쏟는 바람에 그만 전세의 흐름을 놓친 것이 패착이다.

출타 중 해인칠무자의 사망 소식을 접했을 때부터 묘하게 가슴 한구석이 찜찜했는데, 일이 이런 식으로 어그러질 줄은 예상 못했다.

'이렇게 된 이상……!'

일순 사스케의 두 눈이 짙은 살광을 토하자 왜도가 경련을 일으키듯 몸을 맹렬히 떨었다.

'최소한 저놈이라도 베고서 떠나리라!'

여기서 지친 천공을 죽이지 않으면 천추의 한이 될 것 같았다.

질세라 천공이 체외로 시뻘건 마기를 마구 피워 올렸다.

"너의 악행과 오만이 결국 죽음을 부르게 될 것이다."

"놈, 뚫린 입이라고……!"

사스케가 칼자루를 놓자 왜도가 허공을 격해 천공의 머리 위로 떨어져 내리며 회전했다.

슈슈슈슈슈슈슈슈슛―!

파공음과 함께 번쩍이는 도기들이 흡사 억수비처럼 천공이 선 자리를 맹폭해 들었다.

콰콰콰쾅, 콰콰콰콰쾅!

이기어도와 조화된 우류패기참.

하늘의 거인이 발로 찍어 누른 듯 반경 십 장의 지면이 무참히 꺼져 내리며 부서졌고, 한 치 앞도 분간할 수 없을 만큼 짙은 먼지구름이 사위를 뒤덮었다.

그 속에서 들려오는 나지막한 신음.

"크으음……."

천공의 음성이다.

'갈! 끈질긴 놈!'

미간을 실그러뜨린 사스케는 왜도를 회수하기가 무섭게 운신이 가능할 정도의 내공만 남겨 놓고 두 번째 공세를 전개했다.

슈슈슈슈슈슈…… 쿠아아아앙! 꽈지지지직, 꽈지지직—!

극성 공력의 우류패기참에 의해 일대 공간이 아예 초토화되어 본 형체를 잃어버렸다.

사스케는 자신에게로 돌아온 왜도를 움키며 천공의 죽음을 확신했다.

그 순간.

핏빛 기류에 휩싸인 천공이 먼지구름을 뚫고 상대 정면으로 육박해 강맹한 일권을 내질렀다. 화들짝 놀란 사스케는 회수한 왜도를 기울여 앞을 방어했다.

쩌어어어어엉—!

견고한 왜도가 두 동강이 나며 사스케의 신형이 삼 장 뒤로 강하게 튕겨 나갔다.

"커헉……!"

나지막한 신음.

이번엔 사스케가 발한 소리였다.

목구멍을 역류한 핏물을 가까스로 삼킨 그가 겨우 중심을 잡고 선 찰나, 천공의 음성이 귓전에 와 닿았다.

"내가 내력이 달려 단순히 호흡만 고르고 있는 줄로 알았는가?"

"네놈, 도대체 어떻게……."

사스케는 말을 다 끝맺지 못했다. 고삐 풀린 말처럼 사납게 날뛰는 기혈이 고통을 선사했기 때문이다.

그런 그의 시선이 천공의 머리 위에 머물렀다.

짙붉은 빛의 고리.

내공이 한 단계씩 오를 때마다 나타나는 현상이다.

'놈의 공력이 갑자기 증가했다! 어떻게 이런 일이…….'

천공은 첫 번째 우류패기참을 가까스로 방어한 직후 하단전 한쪽에 갈무리해 두었던 혈정강시들의 기운을 개방해 마침내 구성 수위에 도달했다.

극성에 이른 혜가선도심법, 그리고 이단계를 완성한 금강불괴의 힘으로 인해 팔성에 도달했을 때와 같이 고통스러운 과정 따윈 없었다.

사스케는 전신을 바싹 죄어 오는 천공의 무형지기에

대항해 무리하게 공력을 이끌어 냈다. 도망치는 것은 고사하고 일단 목숨부터 지켜야 했으니까.

그때.

슈아아아아아—

한줄기 붉은 기류가 허공을 격해 다가와 천공의 몸으로 빠르게 스며들었다.

그것은 다름 아닌 함술의 시신이 내뿜은 혈마력의 기운이었다.

사스케는 그 괴현상을 목도하자마자 정신이 번쩍 들었다.

"네, 네놈…… 설마 동류의 마기를 흡수하는 능력을 가졌느냐?"

천공은 대답 대신 혈해유영비로 거리를 압축해 사스케의 가슴팍을 노려 우권을 찔러 넣었다.

퍼어억!

사스케는 본능적으로 팔뚝을 교차해 주먹을 막았다. 한데 그 맞닿은 지점으로부터 혈맥이 마구 들끓으며 살갗을 뚫고 나올 듯이 팽창했다.

혈신마라공이 가진 고유의 묘용.

"크아아아악……!"

사스케가 비명을 지른 순간, 천공의 좌권이 그의 오른

쪽 팔꿈치를 강타하자 상지골(上肢骨 : 어깨 · 팔 · 손을 이루는 모든 뼈)이 조각조각 부서졌다.

"끄아, 끄아아아······!"

거듭 통성을 토한 사스케는 너덜거리는 팔로 퇴보를 밟아 신형을 물렸다.

곧이어 그 전면으로 단혈회류마황권의 시뻘건 권경이 사납게 휘몰아쳐 왔다.

퍼어어어엉!

파공성과 함께 뒤로 세게 튕겨져 날아간 사스케가 지면에 등을 처박으며 각혈했다.

그의 몸은 가공할 권력의 여파로 흉골과 늑골이 심하게 으스러져 있었다.

현재 사스케의 공력으론 구성에 도달하며 하단전의 기를 새롭게 채운 천공의 공력을 감당할 수 없었다.

앞서 두 번의 팔살의 절예를 구사하지 않고 그대로 몸을 빼 도망쳤다면 살 확률이 더 높았을 것이다. 하나 이젠 때가 늦었다.

천공이 두 눈을 번뜩이며 걸음을 뗐다. 동시에 그의 피부가 시뻘겋게 물들며 흡사 핏물을 뒤집어쓴 마귀처럼 변모했다.

혈마현신개공(血魔現身開功).

혈신마라공 사대절기 중 세 번째 절예.

구성 성취가 되어야 비로소 구사할 수 있는, 몸 그 자체가 하나의 완성된 무공인 최상승 마학이다.

천공의 기도는 형언하기 힘들 정도로 패도적이었다.

마치 일천 년의 기나긴 세월을 격해 혈마황이 세상에 강림한 듯한 위용이 넘실거렸다.

혈마현신개공을 구사하는 것은 과거 천마교로 가 천마존을 상대했을 때 이후로 이번이 두 번째. 당시 호교사왕의 일인자 검마왕 도규를 쓰러뜨렸던 절기가 바로 이 혈마현신개공이었다.

"가히 숨 막히는 기운이로구먼. 노부가 접근하기 버거울 정도라니……."

천공이 그 목소리에 이끌려 고개를 옆으로 틀었다.

십 보 남짓한 거리에 여태백이 서 있었다. 뒤이어 그 옆에 자리한 동방표호가 검을 검쥔 채 근엄한 목소리로 물었다.

"젊은이, 이름은?"

"천공입니다."

"천공이라…… 처음 듣는 명이군."

그렇게 세 사람의 시선이 거리를 격해 뒤엉켰다.

동방표호의 눈동자가 문득 묘광을 머금었다. 너덜거리

는 옷소매 밑으로 드러난 한 쌍의 문신을 보았기 때문이다.

기괴한 마신과 온화한 부처.

한 몸에 지니기엔 너무나 부조화한 문신.

'내가 알지 못하는 정순하고 광망한 기운이 그 이면에 도사리고 있다. 게다가 저 맑은 눈빛…….'

동방표호는 상대로부터 어떠한 적의도 느낄 수 없었다. 오감을 초월한 육감이 그렇게 말해 주고 있었다.

여태백이 은밀히 전음을 보냈다.

[동방 가주, 그를 한번 믿어 봄이 어떻겠소?]

이내 동방표호가 칼자루를 쥔 손에 힘을 풀었다.

그걸로 충분한 답변이 된 셈.

"난…… 동방표호라고 하네. 묻고 싶은 것이 많은데, 우릴 위해 시간을 할애할 수 있겠는가?"

"물론입니다."

천공이 정중히 대답하자 여태백이 한마디 보탰다.

"자넬 도우려고 왔는데…… 이제 보니 그럴 필요가 없을 것 같구먼."

고갯짓을 한 천공은 즉각 사스케가 쓰러진 방향으로 신형을 날렸다.

사스케는 사력을 다해 신형을 일으켜 세웠다.

'크흐윽…… 성한 것은 두 다리뿐이구나.'

그런 그의 눈동자로 천공이 얼굴이 크게 들어와 박혔다.

쇠뇌처럼 내질러진 쾌속의 일권.

푸하아아악—!

고강한 마기를 실은 시뻘건 주먹이 그대로 사스케의 복부를 관통했다.

"커허억……."

사스케가 괴로운 신음을 발하며 만신창이가 된 몸을 부들부들 떨었다.

그 순간.

천공은 상대의 복부에 쑤셔 박힌 자신의 주먹 아래로부터 미증유의 힘이 팽창하는 것을 느꼈다.

'설마……!'

사스케가 고개를 힘없이 늘어뜨리며 한마디를 남겼다.

"여…… 영물의 힘이…… 폭발한다."

그의 죽음과 동시에 천공의 뇌리로 다시 떠올리기 싫은 마공 하나가 스쳐 지나갔다.

마광파천기.

지금 사스케의 시신 내부로부터 팽창하는 기운이 꼭 그와 같았다. 분명 마광파천기와 닮은 폭발 속성의 기운이었다.

'위험하다!'

억눌러 소멸시키지 않으면 큰 희생이 발생하고 말 터.

생전 천마존의 그것엔 미치지 못하더라도, 최소한 이곳에 있는 인원의 삼분지 이가 치명상을 입을 만큼 강대하고 거대한 기운이다. 날선 육감과 기감을 통해 전해져오는 힘이 그렇게 경고하고 있다.

단희연, 광진, 동방휘 등은 이미 몸 상태가 온전하지 않아 휩쓸리는 순간 그대로 죽음을 맞이하게 될 것이었다.

천공이 이를 꽉 깨물며 복부에 박힌 주먹으로 공력을 모조리 집중시켰다.

하지만 그럴수록 반발력이 한층 거세졌고, 결국 천공의 팔이 뒤로 펑! 하고 튕겨 나갔다.

가히 대단한 위력이었다.

구성에 도달한 천공의 공력이 통하지 않을 정도로.

찰나지간 사스케의 시신이 바람을 불어넣은 듯 크게 부풀었다.

'안 돼!'

천마교에서의 끔찍했던 상황이 재연되려는 그 찰나, 천공의 좌우로 동방표호와 여태백이 나타나 극성의 공력을 합친 원형의 기막을 퍼뜨렸다.

파아아아아아—

견고한 기운의 투명한 구체가 사스케를 둘러치듯 감싼 순간, 그 시신이 갈기갈기 찢겨 나가며 이내 거대한 빛을 폭사했다.

번쩍, 콰아아아아앙!

가공할 폭발력 앞에 둥근 기막이 위태롭게 출렁거렸다.

천공은 즉각 혈마라상지은현공을 구사해 기막을 힘껏 오므려 잡았다. 그에 보조를 맞추듯 동방표호가 검날을 기막 내부로 강하게 찔러 넣었고, 여태백도 질 새라 일장을 세차게 들이밀었다.

쿠구구구구구구……!

세 고수의 막대한 내공이 한데 뒤엉켜 기막에 갇힌 빛살을 억누르자 세찬 진동과 함께 지면이 마구 갈라져 어지러이 거미줄을 그렸다.

천공 등은 사력을 다해 내공을 쏟아부었다.

'더 이상의 피해는 없어야 한다!'

그렇게 서로 한마음이 되어 위기를 넘기고자 단 한 줌의 내력도 아끼지 않았다. 그것을 대변하듯 셋 모두 전신의 힘줄이 시퍼렇게 일어서 불뚝거렸다.

팽창하는 힘과 억압하는 힘의 치열한 격돌.

세 사람의 노력은 헛되지 않았다. 마침내 사납게 폭사되던 빛살이 차츰 사그라지기 시작했으니까. 또한 사납게 요동치던 지면도 언제 그랬냐는 듯이 차분히 가라앉고 있었다.

겨우 고비를 넘겼다 싶은 찰나, 그들 뇌리로 별안간 정체불명의 전성이 들렸다.

[패악한 인간에 의해 승천하지 못한 내 영혼을 해방시켜 주었구나.]

직후 기막 속에서 희미해져 가던 빛살이 한가운데로 모여 곧 한 마리 작은 용으로 변모했다.

[그대들 덕분에 드디어 승천할 수 있게 되었도다. 오백 년의 기다림이 결실을 맺었다. 그러니 이제 그만 힘을 거두어도 되느니라.]

다신 한 번 뇌리를 울리는 전성.

천공 등의 눈빛이 경이로움을 품었다. 방금 그 전성이 용의 목소리였음을 깨달았기 때문이다.

세 사람은 조심스럽게 공력을 갈무리했다. 그러자 용이 고마움을 표하듯 고개를 끄덕였다.

여태백은 머릿속으로 퍼뜩 짚이는 바가 있어 천공을 향해 물었다.

"왜인이 혹시 이무기를 죽여 그 내단을 복용했나?"

"그렇습니다."

천공의 대답에 여태백이 눈살을 찌푸렸다.

"쯧, 승천을 기다리는 영물을 함부로 해치다니…….
인간이 함부로 탐해선 안 되거늘. 거대한 힘을 가진 의문
의 빛살이 갑자기 폭발한 이유를 이제야 알겠구먼."

그러자 동방표호가 낮게 한숨을 뿜으며 읊조리듯 말했
다.

"왜인이 죽자 그 안에 갇혀 있던 이무기의 혼이 잠시
간 분노했던 것이구려. 과연……."

십대무신인 그조차 긴장하게 만들었을 정도로 예의 폭
발력은 가히 압도적이었다.

'성난 이무기의 혼을 진정시키지 못했다면 큰 희생을
치르고 말았으리라.'

현재 동방표호는 하단전에 있는 내력을 모두 소진한
상태였다. 그 증거로 검을 움킨 손이 가볍게 떨리고 있었
다. 물론 여태백도 마찬가지였다.

[날 해친 인간에겐 온전한 내단을 허락하지 않았다. 오늘이
아니라도 언제고 내 신력에 의해 처참한 죽음을 맞이했을 것이
야. 하나…….]

용이 신비로운 눈동자를 굴려 세 사람의 얼굴을 차례
로 응시하더니 전성을 마저 이었다.

[그대들은 참된 인간들이다. 내 한순간의 우레와 같은 노기를…… 남을 위하는 마음을 담은 광명한 힘으로 감화시켜 주었다. 그 진심이 나로 하여금 만물을 화육케 하는 이치를 돌아보게 하였으니, 하늘의 뜻에 따라 마땅히 은공을 기리겠노라.]

그런 용이 돌연 입을 크게 벌려 검붉은 환단을 바닥에 내뱉었다.

세 사람의 눈이 급격히 커졌다.

'저것은…….'

독각혈망의 내단임이 분명했다.

[이것이 분란의 씨앗이 될지, 화합의 열매가 될지는 그대들 선택에 달렸다. 내 마지막 뜻을 헤아려 맑은 마음을 구하도록 하라. 자, 때가 되었도다.]

우렁찬 괴성과 함께 용은 한 줄기 빛살처럼 허공으로 솟구쳐 구름 저 너머로 사라져 버렸다. 그러자 일대 하늘이 눈이 부실 정도로 번쩍였다.

구르르릉, 구르르르릉.

눈 깜빡할 사이 먹장구름이 한데 모여 천둥을 울렸고, 곧 장대비가 마구 쏟아져 내렸다.

쏴아아아아아…….

천공은 순간 놀라움을 감추지 못했다.

'이럴 수가!'

몸이 빗물에 젖자 늘어진 기맥이 활기를 되찾으며 세차게 맥동했다. 마치 지금 막 운기조식을 마친 것처럼 하단전의 내력이 빠르게 채워지고 있었다.

그 혼자만 변화를 겪은 것이 아니었다.

장내에 있는 모든 사람이 승천한 용이 불러일으킨 맹우에 의해 지치고 다친 몸을 원상회복하는 중이었다. 내상, 외상은 물론이고 소진한 내공까지.

어느 순간, 비가 뚝 그치고 다시 환해진 하늘.

천공은 자신의 얼굴을 비추는 포근한 햇살을 만끽하며 빙그레 웃었다. 그러다가 동방표호와 여태백을 향해 정중히 인사를 올렸다.

"절 믿고 도와주셔서…… 정말 고맙습니다."

여태백은 합심해 이루어 낸 결과에 뿌듯함을 느끼는 한편, 천공에 대해 강한 호기심이 생겼다.

'비록 마공을 가진 자이나…… 본바탕은 겉으로 보이는 것과 다르구나.'

승궁인이 무엇 때문에 천공을 의제로 삼았는지 알 것도 같았다. 또한 승궁인의 사람 보는 안목이 남다름에 은근한 보람마저 느꼈다.

"허…… 허허허…… 허허허허헛!"

여태백은 호쾌한 소성을 터뜨리며 천공을 향해 의미심장한 눈빛을 보냈다. 그에 천공 역시 시원스런 미소로 화답했다.

"아, 그러고 보니 앞서 내 소개를 안 했구먼. 노부는 무림 거지들 왕초인 여태백일세."

"두 분께 정식으로 인사 올리겠습니다. 후배, 천공이라 합니다. 아직 강호 물정을 잘 알지 못하는 신출내기에 불과하지요."

그러자 여태백이 피식 웃으며 손사래를 쳤다.

"겸손이 지나치구먼. 일신의 무위로 보아 신출내기라 칭하기엔 무리가 있을 듯한데…… 자네의 공력은 내가 견줄 바가 아니었네. 굳이 손속을 섞어 보지 않아도 그 정도쯤은 능히 알 수 있지."

그때, 동방표호가 조용히 걸음을 옮기더니 검극으로 내단을 가볍게 찔러 들어 올렸다.

"용이 남기고 간 내단…… 내가 가져도 되겠나?"

동방표호의 물음에 천공은 일말의 고민도 없이 고개를 끄덕거렸다.

"물론입니다."

"아무런 욕심이 없단 말인가?"

천공은 거듭 고갯짓을 보냈다. 그 순간, 여태백의 입

에서 뜻밖의 소리가 튀어 나왔다.

"동방 가주, 욕심이 과하구려. 미안하지만 그렇겐 안 되겠소. 정 가지고 싶거든 똑같이 등분하시오."

쥐를 위하여 항상 밥을 남겨 놓고, 나방을 불쌍히 여겨 방에 등불을 켜지 않는다고 할 만큼 의인으로 소문난 여태백이 내뱉은 말이라곤 믿어지지 않았다.

희세의 영물이 준 영단이라 저도 모르게 욕심이 인 모양이었다. 물론 그 역시도 무인이기에 아주 이해하지 못할 일은 아니었다.

하지만 일신의 명성에 비추어 봤을 때, 자못 실망스러운 태도였다.

여태백이 수염을 쓰다듬으며 재차 말했다.

"우스갯소리로 절세 기연을 만나면 제 스승도 저버린다고 했소이다. 그 내단은 말 그대로 수백 년에 한 번 나올까 말까 한 보물이나 다름 아니오. 어찌 쉬이 양보할 수 있겠소?"

앞서 용이 이르길, 자신이 남긴 내단이 재앙의 씨앗이 될지, 화합의 열매가 될지는 선택에 달렸다고 했다. 필시 이와 같은 일을 경고했던 것이리라.

동방표호의 두 눈이 한층 엄중한 빛을 뿜었다.

"용두방주, 세간의 명성과 달리 의외로 편협한 면이

있으시구려."

"허, 방금 뭐라 하셨소? 편협? 망언을 거두시오. 동방
가주가 그렇듯 대놓고 욕심을 표하지 않았다면, 나도 잠
자코 있었을 것이외다. 안 그런가, 천공?"

여태백과 동방표호의 시선이 천공의 얼굴로 꽂혔다.
한데 천공의 표정은 담담하기 그지없었다.

"두 분 강호 명숙께서 짓궂은 장난을 치고 계시는군
요. 제 속을 떠보려 하심이 너무 과하신 것 아닙니까?"

그 소리에 여태백이 뒤통수를 긁적였다.

"어허허헛. 이런, 이런. 그렇게 티가 났나?"

동방표호도 다소 겸연쩍은 표정을 지으며 말을 보탰다.

"사과하지. 실은 자네의 품성을 거듭 확인하고 싶었다
네."

"예, 개의치 않습니다. 마공 때문에 타인으로부터 의
심을 산 적이 한두 번이 아니고…… 기실 승 형과 휘,
단 소저도 처음엔 그랬으니까요."

천공은 결연한 표정으로 목소리를 이어 나갔다.

"내단은 반을 쪼개 나눠 가지십시오. 전 필요 없습니
다."

동방표호와 여태백이 가만히 시선을 교환했다.

대화는 일절 없었다. 다만 오가는 눈빛 속에서 모종의

뜻이 통한 듯 보였다.

희미하게 웃은 동방표호가 허공섭물의 수법으로 내단의 띄워 천공에게로 보냈다. 그것을 받아 든 천공이 곤혹스러운 표정을 지었다.

"이러지 마십시오. 정말 괜찮습니다."

동방표호가 그런 천공을 손짓으로 만류했다.

"받아 두게. 그것은 감사의 표시라네. 휘아와 한편이 되어 싸워 준 것에 대한……."

당연히 여태백의 마음도 그와 같았다.

천공이 황망한 표정을 짓는 사이, 그 옆으로 단희연이 다가와 섰다.

곧이어 승궁인, 동방휘 등도 차례로 그 주위에 모습을 드러냈다. 다들 원기를 완벽히 회복한 듯 두 눈에 맑은 정광이 넘실거렸다.

천공은 즉각 광진의 몸 상태를 살폈다.

안타깝게도 그의 왼팔은 잘려 나간 채로 예의 상처만 아물어 있었다.

"너무 마음 쓰지 말게. 어차피 열반에 들면 한 줌 흙이 될 육신. 팔 한 짝 없다고 불자의 생이 끝나는 것은 아니니까. 난 업화신검을 되찾은 것만으로 충분하네."

광진의 비범한 태도에 주위 사람들은 내심 감탄했다.

그러한 광진을 향해 동방표호가 손을 모아 예를 갖췄다.

"스님의 조언 덕분에 그의 됨됨이를 보다 빨리 파악할수 있었소."

"아미타불, 사람의 진심은 통하기 마련이외다."

뒤이어 종무린과 서야상, 혈천무회, 그리고 잔존한 남녀 검수들이 일제히 동방표호와 여태백을 향해 포권을취했다. 마도 무리라는 편견을 벗어던지고 도움을 준 것에 대한 감사의 인사였다.

동방표호로선 신선한 경험이었다. 그는 이내 미뤄 두었던 의문을 끄집어냈다.

"마공을 익히고도 마심이 깃들지 않다니, 대관절 어찌된 영문인가?"

종무린이 대답하려는 찰나, 천공이 나서 광명무상심법의 기연과 얽힌 구천혈궁 내 파벌과 일련의 과정을 소상히 설명해 주었다. 그런 다음 말을 덧붙였다.

"저 역시도 혈천무회처럼 마심으로부터 자유로울 수있는 심법을 익힌 까닭에 지금처럼 잔학한 속성의 마공을 옳은 일을 위해 쓸 수 있게 된 것입니다."

고개를 끄덕인 동방표호가 재차 물었다.

"사문을 밝힐 수 있겠나?"

천공은 난처한 표정으로 말을 받았다.

"정말 죄송합니다. 제가 지닌 심법이나 마공, 그와 관련한 근원적인 이야기는 차마 밝힐 수가 없음을 용서해 주십시오."

가장 궁금히 여기던 부분인데 말해 줄 수 없다니, 동방표호로선 더없이 허탈했다.

동방휘, 승궁인, 단의연은 혹여 동방표호가 추궁할 것을 걱정해 누가 먼저랄 것도 없이 이런저런 말을 쏟아 냈다.

어떻게든 천공과 관련한 비밀을 지켜 주기 위함이었다.

그러는 동안, 여태백이 은밀히 전음을 보냈다.

[자네의 그 마력, 혹시 혈마황과 관련이 있는 겐가?]

'아……!'

천공이 흠칫 놀라 여태백의 얼굴을 바라보았다.

[내 짐작이 틀리지 않았구먼. 허헛. 실은 앞서 자네가 구사한 마공을 보았을 때 생각했다네. 일천 전의 혈마황이 현세에 강림한다면 바로 저러한 모습일 것이라고…….]

바로 그때, 낯선 인영 하나가 기척을 드러내며 폐허가 된 장내로 발을 들였다.

그 인영은 흑의 차림에 호리호리한 몸매를 가진 이십

대 여인이었다.

　좌중의 눈길이 그리로 쏘아진 순간, 천공의 눈동자가 급격히 커졌다.

　'아니, 저 여인은……!'

26장.
태동(胎動)

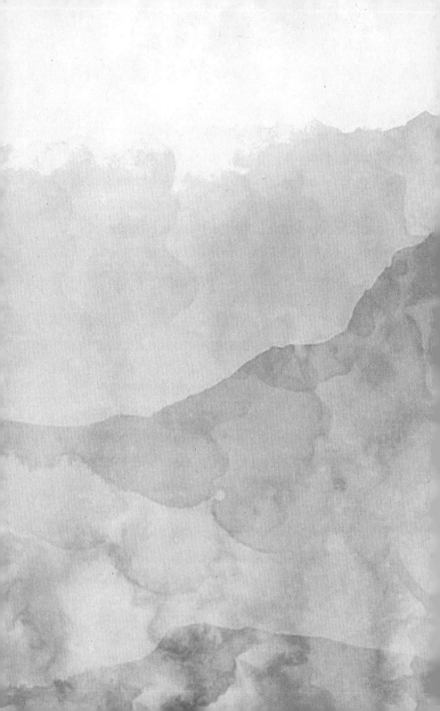

흑의 여인이 어느덧 일 장 거리에 이르러 걸음을 멈춰
섰다. 고수인지 아닌지 분간하기 힘든 묘한 기도를 지닌
여인이었다.

대검룡 동방평과 몇몇 청룡검수들이 칼자루에 손을 얹
으며 경계의 눈초리를 보냈다.

동방표호가 냉큼 손짓으로 그들을 제지했다. 그녀로부
터 어떠한 적의나 살기도 느낄 수 없었기에.

'흠, 기이한 여인이로다. 단순히 기감만으론 일신에
지닌 기운의 실체를 파악하기가 힘들구나.'

초인적인 기감을 보유한 동방표호로서도 헷갈리는 부
분이었다. 정인지, 사인지, 아니면 마인지……. 비록 마

공을 다루지만 정심을 가진 천공을 만나고서 고정관념이 깨진 뒤라 특히 그랬다.

흑의 여인이 좌중을 향해 공손히 인사를 건넸다. 그러곤 이내 천공을 보며 생긋 웃음을 지었다.

"오랜만이에요. 제 얼굴을 잊진 않으셨죠?"

"물론입니다, 손 소저. 구생의 은인을 어떻게 잊을 수 있겠습니까."

손묘정.

과거 기련산맥의 한 산자락에서 조우했던 흑선의 제자.

그때 만약 손묘정을 만나 도움을 받지 않았더라면 자신은 지금 이 자리에 있지도 못했을 것이다.

그녀의 외형은 달라진 데가 없었다.

청초한 인상에 양 갈래로 땋아 내린 긴 머리칼, 얼굴과 어울리지 않는 시커먼 경장, 모든 것이 당시 조우했을 때 그대로였다.

단희연이 호기심 어린 눈빛으로 물었다.

"천 소협, 누구……?"

그러자 천공이 얼른 좌중을 향해 손묘정을 소개했다.

흑선의 제자란 말에 여기저기에서 나지막한 탄성이 터져 나왔다.

동방표호와 여태백도 자못 놀란 눈치였다.

특히 단희연, 승궁인 등 천공의 사연을 알고 있는 일행은 손묘정을 이렇듯 직접 만나게 되자 다들 신기하단 표정을 지었다.

흑선이 신비괴림 내로 든 이후로 지금까지 그를 만났다는 사람은 단 한 명도 없었다.

하늘 아래 이뤄지는 모든 일을 통찰할 만큼 대륙 최고의 정보력을 자랑한다는 개방조차도 흑선과 관련한 것은 무지한 실정이었다. 기실 그가 제자를 두었다는 사실은 고사하고, 흑운동의 위치조차 여태껏 파악하지 못하고 있었다.

그렇기에 개방의 수장인 여태백이 받은 놀라움은 그 누구보다 컸다.

'참으로 괴상한 청년이구먼. 혈마맥을 이은 것도 모자라 본방도 제대로 알지 못하는 흑선의 제자까지 모종의 연이 닿아 있을 줄은……'

그러다가 은근슬쩍 승궁인의 낯빛을 살폈다.

'홋, 엉큼한 녀석 같으니. 보아하니 내가 모르는 부분을 이미 다 알고 있는 듯한데……. 서슴없이 의제라 칭하더니 그러한 비밀까지 공유하는 사이인가.'

심중으로 스미는 강한 호기심.

강호 정세에 달관한 자신이 한 사람에 대해 이토록 큰

궁금증을 가져 보는 것은 실로 오랜만의 일이었다.

한편 천공은 심장이 크게 두근거렸다. 예기치 않게 등장한 손묘정을 통해 흑선을 만날 수 있으리란 기대감이 가슴을 가득 채워 들었기 때문이다.

구천혈궁의 네 왕과 혈정가시의 힘을 모조리 흡수해 내공 수위가 증가했고, 또 하단전의 주요 기로가 팔 할 정도로 확장되었으나, 그래도 흑선의 도움이 절실한 상황이었다. 여전히 위축된 상태인 이 할의 기로를 넓히지 않는 이상 혈신마라공의 십이성 대성은 요원한 일이었으므로.

물론 지맥의 혈마력을 추가로 흡수한다면 혹여 가능할 수도 있으리라. 하나 그러기 위해선 무고한 종무린과 서야상을 추가로 죽여야 한다.

불가.

절대 행할 수 없는 일이었다.

천공이 이내 차분한 목소리로 물었다.

"손 소저를 이런 식으로 만나게 되리라곤 예상도 못했습니다. 무슨 이유로 여기 오게 된 겁니까?"

"당연히 천 소협을 만나기 위함이죠."

손묘정은 그를 스님이라 칭하지 않았다. 방금 전 단희연이 소협이라 부르는 것을 보고서 눈치 빠르게 상황을 읽고 대처한 듯싶었다. 과연 흑선의 제자답게 영민했다.

"예……?"

"약값을 받으러 왔어요. 세상에 공짜는 없으니까요."

천연덕스러운 대꾸에 천공이 당혹해하자 손묘정이 입가에 맺힌 웃음기를 거두었다.

"장난이에요. 실은…… 사부님께서 명하셨어요. 천 소협을 흑운동으로 데려오라고. 이곳에 오면 만날 수 있을 거라고 말씀하셨답니다."

"아, 그런……."

마치 흑선이 앞날을 내다보고 예언을 내렸다는 소리처럼 들렸다.

손묘정이 짐짓 진중한 목소리로 양해를 구했다.

"천 소협에게 별다른 볼일이 없으시다면 제가 그만 모셔 갈게요. 혹여 흑운동을 찾는 분이 계신지 모르나, 죄송하게도 제가 직접적인 도움을 드리긴 힘들어요."

흑선의 명에 따라 천공 이외의 사람은 데려 갈 수 없는 입장이니 북서쪽에 펼쳐진 천연의 결계를 뚫고 오든, 깨부수고 오든 알아서 하란 뜻이나 다름 아니었다.

그때, 단희연이 특유의 냉랭한 음성을 발했다.

"손 소저, 미안하지만 난 예외예요."

　　　　　*　　　　　*　　　　　*

　귀검성 내부 북쪽의 전각.

　화려한 내실의 탁자에 천기마랑 범소가 턱을 괴고 앉아 있었다. 그런 그의 외모는 생전의 구예와 똑같았다.

　탁자 한옆의 바닥엔 자줏빛 경장 차림을 한 젊은 여인이 부복해 있었는데, 바로 저용마랑 범조의 명을 받들어 귀검성으로 오게 된 매혼이었다.

　"조가…… 막무가내로 떠났다고?"

　"그, 그렇습니다. 대공자님."

　범소가 두 눈을 지그시 감으며 팔락팔락 부채질을 했다.

　깊은 생각에 잠길 때면 나오는 버릇.

　매혼은 숨을 죽인 채 다음 말을 기다렸다. 이내 눈을 뜬 범소가 손을 뻗자 매혼의 옆구리에 걸려 있던 작은 보따리가 그의 손으로 이끌려 와 잡혔다. 보따리를 푸니 책 한 권이 나왔다.

　"이것이 광도귀가 가지고 있다던 책이군. 어디 볼까."

　범소는 책장을 넘기며 서면마다 빼곡히 적힌 범문을 눈으로 내리훑었다. 그러다가 곧 흡족한 미소를 베어 물었다.

"진품이 맞구나. 수고했다, 매혼."

"대공자님, 아무래도 걱정됩니다. 제가 입수한 정보에 의하면 부활한 천마존이 절강성 일대를 떠돌고 있다 하였습니다. 자칫하다간……."

범소가 부채를 촤락! 접으며 그녀의 말꼬리를 끊었다.

"됐다."

"하오나……."

"내 이미 월혼마태사가 보낸 전서구를 받아 보았다. 탈태환골, 반로환동까지 이룬 것으로 짐작되며 협사 놀이를 하고 있다지?"

"예, 대체 무슨 속셈인지 모르겠습니다. 혹시 부활과 함께 모종의 깨달음으로 개과천선을 한 것은 아닌지……."

"신경 쓸 필요 없다. 우린 맹의 계획대로 움직이기만 하면 될 일. 이제 대업을 이룰 날이 멀지 않았다."

"아! 그 말씀은……."

"어제 뇌룡마가의 가신 천뢰검룡(天雷劍龍)이 이곳을 은밀히 다녀갔다. 월영마가와 더불어 일양마가에서도 마경의 조각 두 개를 입수했다고 한다."

매혼이 반색하며 떨리는 목소리를 발했다.

"앞으로 한 조각만 더 찾으면 되는군요!"

"그 또한 조만간 이뤄질 것이야. 철탑마가(鐵塔魔家)에서 마지막 마경 조각이 있는 장소를 알아냈으니까. 철탑마가주가 특별히 선발한 철마기대(鐵魔騎隊)가 그곳으로 향하는 중이라는군."

범소는 그 말이 끝나기가 무섭게 책 두 권을 건넸다. 한 권은 귀검성에 보관되어 있던 마경과 관련한 고서였고, 다른 한 권은 그 고서의 범문을 해독해 기록한 책이었다.

"일단 홍산(興山)으로 가서 대기하도록. 내 열흘 안에 네가 가지고 온 책을 해독한 다음 은밀히 사람을 보내 전달할 것이니, 그때까지 사람들 눈에 띄지 않게끔 잘 처신하라."

"알겠습니다, 대공자님."

매혼은 신속히 책을 품에 갈무리한 후 문 쪽으로 걸음을 뗐다. 그때, 범소가 나지막이 말했다.

"차후 아버님껜 아무 말도 하지 마라."

무단이탈한 범조와 관련해 함구하라는 뜻.

매혼이 난처한 기색을 표하자 범소가 그녀를 안심시켰다.

"괜찮다. 내가 모든 것을 책임지마. 조가 평소 불뚝성이 흠이긴 하다만, 절명의 위기 앞에선 그 누구보다 냉철하게 처신하는 녀석이다. 사오랑이 동행해 갔다고 했지?"

"예."

"그럼 더더욱 걱정할 필요가 없다. 내 동생은…… 친우를 재물로 삼아서라도 목숨을 보존할 테니까. 후훗."

마치 모든 것을 내다보는 듯한 범소의 말에 매혼은 내심 섬뜩함을 느꼈다.

그녀가 문을 닫고 사라진 직후, 범소가 자리에서 일어나 창가로 다가섰다. 무형지기로 창문을 열어젖히자 탁트인 하늘이 그의 시야에 들어와 박혔다.

"천마존…… 과연 마도의 지존답게 명이 질기구나. 하나 지금에 와서 무얼 할 수 있겠느냐. 우리 마가 연맹은 장차 천외삼마선을 수중에 넣게 될 것인데. 후훗."

*   *   *

"커헉!"

"으아악!"

연이어 터지는 비명.

가슴에 검상을 입은 검수 둘이 그늘진 숲길의 흙바닥 위로 쓰러져 누웠다. 그러자 상처를 입은 부위가 급속도로 부패되기 시작했다.

두 시신 옆에 태산처럼 우뚝 자리한 자.

천마교 부교주, 악마검신 율악.

현재 그의 우수엔 악마맥의 절세 기보인 악령마검이 들려 있었다.

율악이 싸늘한 눈길이 전방으로 향했다.

대략 일 장 남짓한 거리, 바로 거기에 사이한 기도를 내뿜는 백발노인이 서 있었다.

"다…… 당신이 어떻게……."

놀라 말은 더듬거리는 백발노인은 바로 월혼마태사 백자개였다. 그리고 일정한 간격으로 율악의 주위를 에워싼 십여 명의 무리는 월마검대 소속 검수들이었다.

이곳은 사천성 달주(達州)의 한 산자락.

백자개는 입수한 마경을 가지고 귀환하던 중에 율악과 우연히 마주치고 만 것이었다.

율악의 입술이 살기에 젖은 미소를 그렸다.

"월영마가의 개들을 이런 곳에게 보게 되다니, 운이 좋구나."

일순 악령마검으로부터 발출된 무형지기의 압력이 사위를 뒤덮기 시작했다.

쿠구구구구구—

사납게 요동치는 지면과 대기.

감히 손속을 섞을 엄두조차 나지 않을 만큼 강대한 마력이 일대 공간을 채우고 든다.

월마검대의 검수들은 극성의 공력으로 무형지기의 압력에 대항했다. 하지만 율악이 발한 기운은 가히 압도적이었다. 사력을 다해 저항함에도 불구하고 저마다 두 다리가 가볍게 떨리고 있었다.

심지어 백자개마저 육중한 압박을 느낀 것인지 목에 심줄을 세운 채 눈살을 찌푸렸다.

총관 다음으로 지고한 자리인 삼태사의 한 자리를 차지한 그가 버거워 할 정도라면, 월마검대는 얼마 버티지 못할 것이 분명했다.

'도망치기엔 늦었다! 수하를 희생하더라도 길을 여는 수밖에……'

백자개는 그 생각과 함께 칼자루를 움킨 즉시 일신의 절기를 꺼내 들었다.

백월마류검법(白月魔流劍法), 절초, 소월십팔마검(白月十八魔劍).

우우우우웅!

드센 검명이 발해지기가 무섭게 검극 위로 빛나는 구체가 생성되더니 이내 열여덟 가닥의 검기로 화해 쏘아져 나갔다.

쉬쉬쉭, 쉬쉬쉬식, 쉬쉭―!

신체의 상하 요혈을 빈틈없이 노린 검세 앞에 율악의 악령마검도 횡으로 날카로운 궤적을 그렸다.

검날을 따라 파도처럼 일어나는 잿빛 검기.

소월십팔마검은 그 잿빛 검기의 파도 앞에 모조리 가로막혀 허공중으로 소멸했다.

바로 그 순간.

"덮쳐라!"

백자개의 외침에 월마검대가 일제히 신형을 날렸다. 그에 율악의 악령마검이 다시 한 번 쾌속한 궤적을 그었다.

푸하아악―!

검수 대여섯 명의 허리가 반듯하게 잘려 끊어지며 피분수를 뿜고.

푸하악, 푸하아악!

나머지 검수들 역시 모조리 목이 잘려 땅을 나뒹굴었다.

숲길은 순식간에 피바다로 변했고, 시신들이 부패되며 역한 악취를 풍겼다.

명색이 삼태사 직속 무대의 검수들이 일초지적조차 되

지 못했다. 물론 율악이 단 일검에 무려 팔성 이상의 공력을 실은 것도 한 이유였다.

그사이 백자개는 길 저편으로 내달리고 있었다.

"도망이라."

율악은 중얼거림과 동시에 지면을 박찼다.

피비빗, 피비비빗—!

악마맥의 최상승 경신 보법, 악마단속보(惡魔斷續步).

운신의 잔상이 끊어졌다 이어졌다 하는 독특한 형태의 마학. 그 일 보마다 압축되는 거리가 불가해할 정도였다.

백자개는 화들짝 놀라 고개를 뒤돌렸다. 그러자 사오 보 거리로 육박한 율악의 모습이 동공에 확대되어 담겼다.

쐐애애액!

등판으로 쇄도하는 악령마검의 검극.

'크윽! 이대론 안 된다!'

운신을 멈추고 몸을 선회한 백자개는 그대로 검을 맹렬히 내그었다.

차아앙—!

서로의 검날이 부딪치며 금속성이 터진 찰나, 백자개의 신형이 빙판을 미끄러지듯 뒤로 주르륵 밀렸다.

"윽……."

차원을 달리하는 가공할 검력이었다.

백자개가 가까스로 균형을 잡고 선 찰나, 율악이 전신으로 광대한 마기를 발산하며 걸음을 옮겼다.

"월혼마태사 백자개. 오늘 너의 죽음이…… 육대마가의 붕괴를 알리는 첫 종소리가 될 것이야."

악령마검의 회색 검신이 떨리며 울음을 자아냈다.

끄어어어어엉…….

흡사 악마의 통성을 연상시키는 섬뜩한 검명.

백자개는 일순 피부가 갈라지고 피가 역류하는 것 같은 섬뜩한 기분을 느꼈다. 거리를 격해 온몸을 조여 오는 율악의 음침한 마기 때문이다.

저벅저벅.

일정한 보속(步速)으로 가까워지는 율악의 그림자, 덩달아 저승의 문도 한결 가까워진 듯한 느낌이다.

백자개는 도망치지 않았다. 아니, 칠 수 없었다.

악마단속보, 그것으로 말미암아 자신의 공능으론 율악의 손아귀를 벗어나기 힘들다는 것을 이미 깨달았다.

율악이 다섯 걸음 앞에 이르러 말했다.

"다만 십 초를 버티면 살려 주지."

광오하기 짝이 없는 말.

물론 그런 거만한 자신감을 맘대로 드러낼 자격을 가

진 강자다. 악마검신 율악은.

차카앙!

검수와 검수로서 마주한 두 무인의 칼.

미증유의 검력을 통해 퍼져 나가는 묵직한 경기의 잔해에 땅이 뒤집히고 나무가 송두리째 비산했다.

백자개는 사력을 다해 일검을 쳐 내며 공력을 있는 대로 퍼부어 검을 놀렸다.

카캉, 쩡, 키이잉!

사신의 숨결처럼 예기를 토하는 악령마검에 맞서 백월마류검법의 절초가 연이어 터져 나온다.

백자개의 검은 매우 공격적이었다. 하지만 겉으로 드러난 검식만 그러할 뿐, 도리어 공세를 이용해 버티는 것이었다.

말 그대로 최후의 발악.

두 마인은 순식간에 팔 초를 채웠다.

단 이 초만을 남겨 두고 십 보 뒤로 물러선 백자개의 몸은 땀으로 흠뻑 젖은 상태였다.

"율 부교주! 정말 약속을 지킬 수 있겠는가?"

백자개가 가쁜 호흡으로 외치듯 묻자 율악이 고개를 끄덕거렸다. 그 순간, 숨 막히는 압력이 일시에 걷히며 사위가 정적에 휩싸였다.

율악이 발산하던 마기가 사라져 버렸다. 하나 그 고요한 변화는 오히려 뭔가 일이 터질 것 같은 긴장감을 한껏 고조시켰다.

백자개는 남은 공력을 칼날로 모조리 주입했다.

최후의 일 합을 위해 남겨 둔 백월마류검법 비전 검초.

백월수마살혼인(白月獸魔殺魂刃).

전방으로 쭉 내질러진 검극 위로 마기가 뭉쳐 야수의 머리 형상을 만들더니 입을 벌렸다.

슈슈슈슈슈슈슈—!

달빛을 품은 수십 개의 검기가 야수의 송곳니처럼 대기를 난자하며 율악의 신형을 엄습한 순간, 악령마검이 솟구치듯 아래에서 위로 날카로운 직선을 그었다.

츄하아아아악—!

짧은 파공음과 함께 잠시간 사라졌던 육중한 압력이 한꺼번에 터져 나왔고, 잿빛 마기에 휩싸인 검풍이 회오리치며 예의 검기들을 전부 씹어 먹듯 잘게 부수었다.

카가가가강, 카가가가강!

가루가 되어 흩어지는 검기의 잔해 아래, 백자개는 할 말을 잃었다.

검기를 파쇄하는 검풍.

상성을 무시하는, 그야말로 경이로운 검력이 아닌가.

율악의 차가운 음성이 백자개의 귓전에 와 닿았다.

"마지막 일 초…… 어디 생사를 걸고 버텨 봐라."

그런 그의 신형 위로 회색의 아지랑이가 떠올랐다. 뒤이어 농후한 살기와 심혼을 갈가리 찢어발길 듯한 무형의 마력이 갈고리처럼 백자개의 숨통을 조여들었다.

"크윽……!"

"본교의 교도들도 구경해 보지 못한 검초이니라. 이 검초에 죽을 수 있다는 것은 검수로서 큰 영광이 아니겠느냐."

지면을 찬 율악이 악령마검을 세차게 내리긋자 궤적을 따라 거대한 악귀의 형상을 한 마기가 파생되었다.

여덟 개의 팔, 그리고 여덟 개의 검.

팔비악마충검(八臂惡魔衝劍).

검술인지 환술인지 분간이 가지 않았다.

그렇게 악귀가 내찌른 검들이 먹잇감을 움키는 거미처럼 백자개의 몸통의 좌우로 쑤셔 박혔다.

"꺼허어……."

신음을 흘린 백자개의 고개가 힘없이 늘어졌다.

즉사.

율악은 좌수로 백자개의 목을 움킨 채 악령마검을 체내로 갈무리했다.

"끝까지 맞선 그 절개는 높이 사 주마."

그는 이내 부패되기 시작한 백자개의 시신을 한옆으로 던지며 마혹선등을 꺼내 들었다. 그러자 귀화(鬼火)와 같은 시퍼런 불이 일렁이더니 길 저편으로 길게 뻗어 나 갔다. 마치 자신을 따라오라는 듯이.

그것을 본 율악이 흐뭇한 소성을 발했다.

"후훗. 교주께서 머무시는 곳에 조금씩 가까워지고 있구나."

이내 율악은 불빛의 인도를 받으며 쾌속한 경공술을 전개해 사라졌다.

그로부터 얼마나 지났을까.

악취를 풍기는 백자개의 시신 위로 돌연 투명하고 푸른 구체가 떠올라 빙글빙글 맴돌았다. 바로 품속의 마경이 발한 신비로운 기운이었다.

예전 초월마장 달지극이 그러했듯 백자개의 부패한 몸도 그 힘에 이끌려 원상회복을 시작했다.

마침내 본모습을 되찾은 백자개가 두 눈을 번쩍 뜨며 상체를 일으켜 세웠다. 그는 숨을 가쁘게 몰아쉬며 품속에 들어 있던 마경을 꺼냈다. 직후 빛의 구체가 마경의 표면으로 스르르 녹아들 듯 사라졌다.

"크흐음, 과연 마경의 힘이란……."

백자개는 자신의 몸을 두루 살피며 나지막이 감탄하다가 곧 긴 한숨을 뿜었다.

　'끌, 나 역시도 초월마장의 뒤를 따르게 되었구나. 하나 마경을 지켜 다행이다.'

　절명의 순간 마경의 힘을 빌려 회생했지만, 월영마가에 도착하면 죽게 될 것이었다. 그래도 어쨌든 임무는 완수할 수 있게 됐다.

　'악마검신……! 너의 존재가 우리 연맹의 앞길에 변수가 되리라고 여기느냐? 아마도 천마존을 찾는 중인 듯한데, 이미 때는 늦었느니라.'

　그렇게 백자개는 주변에 너부러진 월마검대의 시신을 뒤로한 채 조용히 발걸음을 뗐다.

　　　　*　　　　　　*　　　　　　*

　손묘정과 더불어 천공과 단희연은 짧은 인사말을 끝으로 구천혈궁을 나섰다.

　서로가 아쉬운 작별.

　동방휘, 승궁인 등은 속으로 천공이 흑선을 만나 비정상인 기로를 완전히 열고 소림사의 진산제자로 돌아갈 수 있기를 기원했다.

동방표호와 여태백은 구태여 천공을 붙잡지 않았다. 풀리지 않은 의문이 많았지만, 정파를 대표하는 명숙답게 의로운 편에 서서 함께 싸워 준 천공의 공을 기려 강호의 예를 표한 것이었다.

　천공은 앞서 길을 떠나기 전 여태백과 동방표호를 한옆으로 불러 약속했다.

　"추후 반드시 두 분을 따로 찾아뵐 테니 혈천무회 일행에겐 아무것도 묻지 말아 주십시오. 오늘 일을 끝으로 저와 더 이상 관련이 없는 단체가 되었으니까요."

　그리고 종무린, 서야상에게도 은밀한 전음으로 당부를 남겼다.

　[오늘부로 혈천무회는 더 이상 혈마맥이 아닙니다. 전 그만 잊으시고 광명무상심법을 근본으로 삼아 만인 앞에 떳떳한 강호 세력으로 거듭나도록 하십시오. 청룡동방세가와 개방이 필시 도움을 줄 것이니, 부디 일말의 양심에 기대 투항한 사람들을 사류와 마류까지 아우르는 고절한 심법으로 감화시켜 그 가치를 증명하시기 바랍니다. 수련을 거듭하면 본연의 마기를 말끔히 지우는 것은 물론이고, 그로 인해 관지의 혈마력과 순속의 혈마력은 새로운 속성의 무공으로 발전하리라 믿어 의심치 않습니다. 우린…… 언젠가 다시 연이 닿을 날이 있을 테지요.]

하대가 아닌 존대, 그것으로 천공은 선을 긋고 자신의 뜻을 확실히 전달한 셈이었다.

내심 천공이 이끌어 주길 바란 종무린과 서야상으로선 헤어짐이 자못 아쉬웠지만, 그의 당부를 머릿속에 되새기며 홀로서기를 준비하고자 굳게 다짐했다.

동방표호, 여태백 등은 상황이 일단락되자 곧바로 북쪽의 뇌옥을 뒤졌다. 그곳에 감금된 정파와 사파의 무인 오십여 명을 빼내기 위함이었다.

하나 일행이 발을 들였을 땐 이미 전원 목이 잘려 죽은 상태였다. 그중엔 예전 신비괴림을 탐사하다가 실종되었던 십여 명의 개방도도 섞여 있었다.

앞서 사스케가 귀환하자마자 수하를 시켜 정리한 것이 분명했다. 아마도 손발에 채워진 공마괴철 때문에 별다른 저항도 못하고 숨을 거두었으리라.

일행은 그 시신들을 흰 천으로 감싸 밖으로 옮긴 다음, 폐허가 된 장내 여기저기에 흩어져 있는 시신들까지 차례로 수습해 약식으로 진혼제를 올렸다.

일행은 궁내 남쪽 광장에 운집해 광진의 염불소리와 목탁소리에 맞춰 사자들의 혼을 위로했다. 그렇게 진혼제가 끝나자 광진도 이별의 인사를 건넸다.

승궁인과 동방휘는 몸소 광진을 궁 정문까지 배웅했다.

그렇게 밖으로 나온 세 사람은 돌연 두 눈에 이채를 머금
었다. 처음 이곳에 발을 들였을 때와 달리 주변 풍광이
사뭇 달라 보였기 때문이다.

승궁인이 감탄하듯 중얼거렸다.

"숲이 원래 이런 모습이었나. 훗, 과연 흑선의 제
자……."

그는 앞서 손묘정이 떠나기 전에 했던 말을 떠올렸다.

"여러분, 남쪽 일대에 펼쳐져 있던 인공적인 결계는 제
가 모조리 파훼해 버렸답니다. 이제 천연적인 결계만 존
재할 뿐이니, 제가 드린 책을 참고하면 길을 찾기가 쉬우
실 거예요."

'훗. 그녀가 만약 본방의 사람이었다면…… 신비괴림
지도는 벌써 완성을 봤을 거야.'

결계가 걷힌 공간은 본연의 모습을 적나라하게 드러내
고 있었다. 나무, 바위, 길 등 모든 배치가 반오행쇄문진
이 존재할 때와 판이했다.

광진이 이내 승궁인과 동방휘를 향해 가만히 입을 열
었다.

"천금으로도 상대의 환심을 얻기조차 어려울 수 있고,

한 끼 식사 대접만으로 상대를 평생 감동시킬 수도 있는 것이 바로 인간사라 했지. 내 이곳에 와 업화신검을 되찾은 것뿐만 아니라 소중한 인연까지 얻은 듯해 참으로 뿌듯하구먼. 아무리 세월이 흘러도 자네 둘이 보여 준 의로운 모습은 결코 잊지 않을 것이야."

승궁인과 동방휘가 빙그레 웃으며 차례로 화답했다.

"광진 스님 덕분에 새삼 천하가 넓다는 사실을 깨달았습니다. 정말 감사합니다."

"제 마음도 승 형과 다르지 않습니다. 나중에 언제고 기회가 된다면 동쪽 나라로 건너가 그곳의 무를 두루 경험해 보고 싶군요."

그러자 광진이 주머니를 뒤적여 장지(長指)만 한 길이의 목패를 건넸다.

"날 만나려거든 강화도에 있는 전등사(傳燈寺)를 찾게. 거기서 주지 스님을 뵙고 그 목패를 꺼내 보이면 될 것이야."

광진은 그 말을 끝으로 법복을 펄럭이며 숲길로 나아가 자취를 감추었다.

"사람 정이란 게 참 무섭군요. 왠지 가족과 이별하는 기분입니다."

"생사 고비를 함께 넘었으니 감정이 각별할 수밖

에……. 그나저나 넌 급히 해결해야 될 문제가 있잖아. 어쩔 셈이냐?"

그 문제란 다름 아닌 서란을 뜻함이다.

"아버지께서 만류하신다고 해도…… 전 이미 그녀를 위해 모든 것을 버릴 준비가 되어 있습니다. 안 그랬으면 예까지 오지도 않았을 테지요."

승궁인이 그런 동방휘의 어깨를 두드리며 웃었다.

"훗. 그래, 지금은 무엇보다 네 자신의 행복을 먼저 생각하도록 해. 차대 가주는 꼭 네가 아니라도 어떤 식으로든 대체가 가능하지만, 사랑의 빈자리는 대체가 불가능하지. 서 소저는 이 세상에 단 한 명뿐이니까. 내가 도울 수 있는 일은 뭐든 도울 테니…… 반드시 그녀를 지켜 줘."

*   *   *

천공은 문득 고개를 들어 자주색 노을로 불타는 하늘을 두 눈에 담았다. 그러자 스승인 일화의 얼굴이 신기루처럼 겹쳐 아른거렸다.

"노납은 굳게 믿고 있단다. 네가 반드시 그 난제를 해

결하고 다시 본사의 자랑스러운 제자로서 돌아올 것임을……

파문당하기 전날, 그로부터 들었던 말.

'사부님, 결과적으로 옳은 결정을 내리셨습니다. 드디어 난제의 해답에 근접하게 됐으니까요. 이 제자…… 반드시 항마조 시절의 몸을 되찾아 소림사로 귀환하겠습니다!'

소림사 산문을 나선 당시만 하더라도 본래의 몸을 되찾는 데에 수 년, 아니, 수십 년이 걸릴지도 모른다고 여겼다. 솔직히 성패를 장담할 수 없는 불안한 여정이었다.

한데 동방휘, 단희연 등 여러 우연한 만남을 시작으로 예기치 못한 행운을 연이어 손에 넣었다. 그야말로 기적처럼 광진의 도움을 받아 천마존의 영혼을 봉인하고, 또 지맥의 혈마력까지 흡수해 단시일 내에 구성까지 도달하게 됐다. 그리고 오늘, 그토록 만나길 바라 마지않던 흑선과 이어진 인연의 끈마저 붙잡았다.

천공의 눈길이 이내 앞장서 걷고 있는 손묘정의 뒷모습에 머물렀다.

소림사와 항마조의 못다 이룬 대업. 그 꺼진 불을 되살릴 기회가 눈앞에 다가왔다.

'흑선은 과연 내게 확실한 이정표가 되어 줄 것인가?'

그와 대면할 생각을 하니 벌써부터 가슴이 두근거렸다. 그러다가 조용히 입을 열어 물었다.

"손 소저, 도대체 흑선께선 어떻게 나의 존재를 알고 계신 겁니까?"

손묘정이 고개를 뒤돌려 생긋 웃었다.

"죄송해요. 궁금하신 게 너무나 많을 테지만, 조금만 참고 기다리세요. 사부님을 뵈면 자연히 모든 것을 알게 되실 거예요."

*   *   *

하남성 서쪽 남소현(南召縣)으로 향하는 길목에 위치한 마을, 오음촌(梧陰村).

땅거미가 질 무렵, 일화와 십팔나한승이 그곳으로 발을 들였다. 그들은 마을의 유지이자 속가제자 출신인 감평(甘平)의 사저를 숙소로 정하고 짐을 풀었다.

일화는 오랜만에 마주한 왕평과 담소를 나누다가 이경이 되어서야 자신의 내실로 갔다. 그때, 천중이 예고도 없이 불쑥 그의 방을 방문했다.

"장문방장님, 긴히 말씀드릴 것이 있습니다."

일화는 손짓으로 그를 한옆에 앉힌 후 온화한 미소를 그렸다. 무엇 때문에 온 것인지 짐작했다는 표정이다.

　"천공은 분명 자신이 직면한 문제에 대한 해답을 찾을 것이야. 허헛, 너무 막연한 믿음 같으냐?"

　"아닙니다. 실은……."

　천중은 잠시 고민하다가 이제껏 함구해 온 이야기를 상세히 풀어 놓기 시작했다. 그렇게 그의 말을 경청하던 일화의 두 눈이 어느 순간 이채를 머금었다.

　"무어라? 흑선이 있는 곳을 안다고?"

　"예. 직접적인 언급을 피하며 말을 아꼈지만, 일련의 태도로 보아 흑운동에 대해 뭔가 알고 있는 듯했습니다."

　"허어, 과연……."

　일화가 읊조리듯 중얼거리며 염주 알을 굴렸다.

　"흑선의 초절한 능력이라면, 천공의 몸을 원래대로 되돌리는 것이 가능하리라고 생각합니다. 장문방장님께선 어찌 여기십니까?"

　"내 천공을 파문시키기 전 천견대법을 이용해 하늘의 운수를 가늠해 보았는데…… 언제고 대운을 얻게 되리란 징조가 나타났지. 하나 그것이 흑선과의 만남을 뜻함인지 아닌지는 단정하기가 힘들구나."

　순간 천중의 두 눈이 휘둥그레졌다.

'처, 천견대법을……! 역시 장문방장님께선 유일 제자를 그냥 보내지 않으셨구나!'

묘한 흥분에 휩싸인 그는 조금 들뜬 목소리로 남겨 둔 비밀 하나까지 털어 놓고 말았다.

"다만 마음에 걸리는 것은 천공이 향한 곳이 신비괴림이라는 사실이지요. 무력을 소실한 몸으로 헤쳐 나가기엔 너무 위험하지 않습니까. 그래서…… 혹여 도움이 될까 싶어 제가 가지고 있던 대환단을 천공에게 주었습니다."

동시에 안색이 일변한 일화의 눈이 무겁게 가라앉았다.

"대환단을 타승에게 양도할 때엔 나와 계율원주의 승인이 있어야 함을 모르느냐."

낮지만 엄중한 그 목소리 앞에 천중이 곰 같은 커다란 몸을 움찔했다.

"죄, 죄송합니다. 각별한 친우에게 어떤 식으로든 보탬이 되고 싶어 그랬습니다. 이번 일이 끝나면 사규(寺規)를 어긴 것에 대한 그 어떤 벌도 달게 받겠습니다."

"나한승의 지위를 이용해 모 무인(毛武仁)으로부터 거금의 전표를 갈취한 것도 그 때문이었느냐?"

그 말을 들은 천중의 얼굴은 아예 흙빛이 되었다.

'모 가(毛哥), 이 괘씸한……! 내가 참회동에 다시 간

힌 사이에 고자질을 했구나!'

모무인은 천하에 산재한 소림사 속가제자들 중 소림삼절수(少林三絶手)의 달인이자 하남성 우주(禹州)의 상권을 오 할 이상 장악하고 있는 제일 갑부로 유명한 인물이었다. 어떤 장사를 하든 손만 대면 대박이 터진다고 하여 금수대인(金手大人)란 별호로 불리기도 했다.

천중이 예전 천공에게 건넸던 거액 전표는 바로 그 금수대인 모 무인의 것이었다.

"저, 절대 갈취한 것이 아닙니다. 분명히 빌려 달라고 말했는데, 그가 뭔가 오해를 했나 봅니다."

"듣자하니 불자답지 않은 언행을 보였다고 하던데, 그렇다면 모 무인이 거짓을 고했다는 것이냐?"

"아, 그게…… 그러니까……."

천중은 아무런 변명도 못하고 우물쭈물 거렸다.

'끄응, 불자 된 몸으로 거짓 변명을 고할 수는 없지.'

이유야 어쨌든, 당시 자신이 살벌한 태도로 으름장 섞인 소리를 내뱉으며 그로부터 돈을 빼앗다시피 얻은 건 명백한 사실이었으니까.

짧게 탄식한 일화가 눈을 지그시 감았다 뜨며 말했다.

"죄목이 한두 가지가 아니구나. 아미타불, 너를 어찌하면 좋으랴."

천중이 이윽고 결심한 듯 목청을 돋워 외쳤다.

"참회동 입동 십 년, 그렇게 명해 주십시오!"

원래 참회동의 징벌은 구 년이 최고형이었다. 그 기간
은 다름 아닌 과거 달마 조사가 구 년 동안 면벽 수행을
한 것에서 비롯되었는데, 천중은 그에 일 년을 더 보탰
다.

"진심이냐?"

일화가 뜻밖이라는 듯 묻자 천중이 고개를 끄덕거렸다.

"천공을 위해 자발적으로 저지른 일입니다. 모든 것은
제 허물이니, 부디 천공에게 다른 해가 가지 않게만 처리
해 주십시오."

일말의 망설임도 없는 솔직한 태도.

일화의 입가에 돌연 보일 듯 말 듯한 미소가 번졌다.

"모름지기 자기 자신을 희생하려면 머뭇거리지 말아야
하는 법. 천공을 향한 네 진심이 참으로 갸륵하도다. 허
헛, 그것 하나만큼은 마음에 쏙 드는구나."

"그 말씀은……?"

"계율원주에겐 일단 비밀에 부치도록 하마. 대신 내가
참회동 입동이 아닌 다른 형태로 벌을 내릴 것이니라. 각
오는 되었느냐?"

"가, 감사합니다! 장문방장님!"

"그리 좋아할 것 없다. 행여 벌을 받다가 도망치지나 말거라. 종남산 회동이 끝나면, 그때 다시 이야기하자꾸나."

천중은 기쁜 마음으로 그러겠노라 맹세한 후 밖으로 나왔다.

그렇게 회랑을 지나 널따란 정원으로 발을 들인 그는 별이 무수히 반짝이는 하늘을 올려다보며 빙그레 웃었다.

'인마, 아직 무사하냐? 너의 귀환을 기다리는 사람이 한둘이 아니야. 게다가 장문방장님께선…… 공력 소실을 감내하신 채 천견대법까지 쓰셨다고! 아무튼 네게 천운이 따른다고 하니 한시름 덜었다. 그러니까 어떤 식으로든 무위를 되찾아 돌아오기만 해라!'

천공의 얼굴이 새삼 눈앞에 아른거렸다.

작은 수련도 소홀히 여기지 않고, 남들이 모른다고 해서 요령을 피우거나 속이는 법이 없던 세상에 둘도 없는 친우. 또한 무의 우상……

천공을 귀감으로 삼았기에 자신도 여기까지 발전할 수 있었다. 안 그랬으면 나한승은 고사하고 중도에 도태되어 버렸을지도 모를 일이었다.

정원의 야경을 벗 삼아 이런저런 상념에 잠겨 시간을 보내던 어느 순간, 멀지 않은 곳에서 인기척이 느껴졌다.

'음?'

그가 흠칫한 찰나, 별안간 한 줄기 고운 음성이 귓전에 와 닿았다.

"스님, 소림사에서 오셨나요?"

낯선 목소리에 천중은 즉각 고개를 좌로 돌렸다.

대략 일 장 반 남짓한 거리.

눈꽃처럼 새하얀 궁장을 걸친 소녀가 낮은 담장 위에 걸터앉아 있는 모습이 눈에 담겨 든다.

어림잡아 십팔 세쯤 됐을까.

기다란 비녀를 찔러 단라(單螺)로 틀어 올린 은발(銀髮)에 바다처럼 푸른 눈동자를 가진 소녀의 자태는 너무나 신비롭고 고혹적이었다. 흡사 절세 화공의 그림에서 막 뛰쳐나온 선녀를 대하는 듯한 착각마저 들 정도로.

천중은 저도 모르게 생각했다.

아름답다!

일생을 무승으로 살며 불심을 길러 억누른 색욕이 묘하게 자극될 만큼 백의 소녀의 미색은 가히 인세의 그것을 능가하고 있었다.

"너무 뚫어져라 보시니 부끄럽네요."

백의 소녀의 말에 천중은 퍼뜩 정신이 들었다.

'음…… 초절한 고수다. 지척에 나타날 때까지 그 기

척을 읽지 못했어.'

분명 감평 집안에 머무는 여인이 아니었다. 그 외형만 보더라도 쉬이 알 수 있는 사실이었다.

천중은 경각심과 함께 은밀히 운기를 시작했다.

"소림사 제자, 천중이라 하오. 소저는 누구요? 어찌 야심한 시각에 남의 집 담장을 넘는 것이오?"

그때, 백의 소녀가 표홀한 동작으로 지면에 내려섰다. 그런 그녀의 눈길이 이내 천중의 법복에 머물렀다.

"옳아, 그 유명한 십팔나한의 일원이군요. 황색 가사 밑에 청색 장삼을 두른 것을 보니⋯⋯."

순간 천중의 동공이 매서운 빛을 발했다.

"어이, 잡소리 집어치우고 정체나 밝혀라!"

승려답지 않은 말씨에 백의 소녀가 소성을 흘렸다.

"호호호. 명색이 소림사 무승이 초면인 사람에게 너무 불손하군요."

천중의 법복이 펄럭이나 싶더니 곧 체외로 무형지기가 뿜어져 나왔다.

백의 소녀가 비로소 본색을 드러냈다.

"네 따위가 날 감당할 수 있을 것 같아? 일화를 불러와. 중원의 십대무신이 얼마나 강한지 보고 싶으니까."

미성에 담긴 짙은 살기, 그리고⋯⋯.

'저 여자, 마기를 가졌다!'

천중은 더 생각할 것도 없이 지면을 찼다.

일위도강(一葦渡江).

소림 무학의 시조 달마가 갈대 한 묶음에 몸을 실어 강을 건넌 이후, 후대가 그 묘용을 계승하고 발전시켜 극상 수준의 경신 보법으로 만든 칠십이종절예의 하나.

순식간에 지면을 미끄러지듯 전진해 백의 소녀의 면전으로 육박한 천중이 우측 손날을 세차게 휘둘렀다. 그 또한 칠십이종절예의 하나인 일노박룡수(一怒博龍手)였다.

냉소를 머금은 백의 소녀도 질세라 손날을 내뻗었다.

퍼어억—!

천중의 손가락과 백의 소녀의 손가락이 강하게 부딪쳤다. 부러지지 않는 게 신기할 정도였다.

그 순간, 천중의 안색이 살짝 굳어졌다.

'웃!'

몹시 시린 마기.

백의 소녀가 지닌 기운에 의해 손가락은 물론이고 손목까지 얼어붙는 듯한 느낌이 들었기 때문이다.

천중은 즉각 손날을 거두며 좌장을 크게 휘둘렀다.

후우우우웅—!

육중한 공력을 담은 일신의 장기, 대력금강장이었다.

공기를 짓누르며 쇄도하는 장세 앞에 백의 소녀도 똑같이 장법을 펼쳤다. 그렇게 새하얀 기류를 머금은 옥수가 그대로 천중의 손바닥과 마주하자 퍼엉! 하는 파공음이 터졌고, 경기의 잔해가 커다란 파문을 일으켰다.

공부가 극성에 달하면 석 자 두께의 강판도 꿰뚫어 버린다는 대력금강장인데, 백의 소녀는 그 어떤 흔들림도 없었다.

천중은 내심 감탄을 금치 못했다.

'이럴 수가! 설마 나와 비등한 공력을 가졌나?'

창졸간 맞닿은 손바닥 사이에서 기이한 음향이 터졌다.

파스스스스스.

천중은 장심을 뚫고 들어오는 강력한 냉기에 인상을 찌푸렸다. 흡사 온몸이 응축되는 것 같은 기분이었다.

'기맥과 혈맥이 수축되고 있어!'

어느덧 손과 팔뚝 위로 서리가 내렸다.

천중으로선 한 번도 경험해 본 적 없는 무공이었다. 내력을 겨루고자 고집스럽게 버틸 때가 아니었다. 십대 소녀의 힘은 자신의 예상을 훨씬 상회하고 있었다.

천중은 즉시 내공을 최대로 이끌어 내 십팔나한만 익힐 수 있다는 아라한금광신공(阿羅漢金光神功)을 구사했다. 그러자 그의 피부가 금빛으로 물들며 체외에 내린 서리와 체내로 깃든 냉기를 빠르게 몰아냈다.

"제법인데. 호홋."

백의 소녀가 웃음을 발한 찰나, 천중이 잽싸게 장심을 떼고 보법을 밟아 십 보 거리로 후퇴했다.

고작 두 차례 손속을 나눴을 뿐인데, 천중의 호흡은 가볍게 흔들리고 있었다.

내상 따윈 입지 않았다. 다만 상대가 가진 마공의 속성을 제대로 파악하지 못한 채 함부로 공력을 겨룬 탓이었다.

백의 소녀가 갑자기 한옆으로 걸음을 옮기더니 송목(松木)에 손을 가져다 댔다.

"자…… 이걸 보면 감이 확실히 올 거야."

그와 동시에 설풍(雪風) 같은 냉기가 뿜어져 나와 송목을 새하얗게 뒤덮었다. 그렇게 푸름을 자랑하던 송목은 커다란 얼음 기둥으로 화해 본연의 생기를 잃고 말았다.

"빙백마공(氷白魔功)!"

천중의 놀란 외침에 백의 소녀가 여유롭게 머리칼을 매만지며 말했다.

"잘 봤어. 덩치 큰 머저리."

빙백마공은 오대마맥 가운데 하나인 빙마맥(氷魔脈)의

본존, 빙마황(氷魔皇)의 진전이었다.

그 본맥을 계승한 세력이 지금의 북해(北海) 빙마신궁
(氷魔神宮).

중원 변경의 머나먼 북쪽, 그 새외 마도 무림을 관장
하는 최강의 세력이 바로 빙마신궁이었다.

그때.

천중의 등 뒤로 차분한 음성이 들렸다.

"빙마신궁이 이런 식으로 약속을 어길 줄은 몰랐소."

돌연 백의 소녀가 싸늘한 눈빛을 흘리며 조용히 입꼬
리를 올렸다.

예의 목소리의 주인은 일화였다. 그리고 그의 좌우론
열일곱 명의 나한승이 날개처럼 길게 펼쳐 서 있었다.

'내가 싸우는 소리를 듣고 오셨구나!'

천중은 얼른 신형을 옮겨 그 대열에 합류했다.

당금 무림의 십대무신이자 대정십이무성인 일화, 그리
고 소림사를 대표하는 정예 십팔나한. 제아무리 절륜한
고수라도 이들 앞에선 감히 무력을 뽐낼 엄두조차 내지
못하리라.

하나 백의 소녀는 눈도 깜빡하지 않았다. 도리어 오연
한 태도로 싸늘한 음성을 던졌다.

"오랜만이군, 일화. 처음 봤을 땐 십대 소년에 불과했는데 벌써 그렇게 늙었나? 쭈글쭈글한 게 보기 흉한걸."

그 소리에 천중은 자못 당혹스러웠다.

'뭐라고? 내가 잘못 들었나?'

반면 일화는 평온한 얼굴로 염주 알을 굴리며 말했다.

"빙정마후(氷晶魔后), 이제 와서 다시 중원에 발을 들인 연유가 무엇이오?"

천중은 그제야 백의 소녀의 정체를 깨달았다.

빙정마후 북리야향(北里耶香).

그녀는 꽃다운 소녀가 아니었다. 무려 일백하고도 이십 년을 넘게 산 당금 빙마신궁의 궁주였다.

'세상에……! 반노환동이라도 이룬 건가?'

천중이 그러한 의문을 품은 때, 북리야향이 갑자기 휘파람을 불었다. 직후, 내밀한 기척과 함께 열여덟 명의 마인이 비조처럼 담장을 넘어 등장했다.

북리야향이 가느다란 손가락으로 은색 머리칼을 배배 꼬며 미소 지었다.

"후훗. 본궁이 자랑하는 십팔빙령(十八氷靈)이지. 어때, 재미있는 승부가 될 것 같지 않아?"

일화가 염주 알을 굴리던 손을 멈추고 좌측에 선 육순의 노승을 가만히 바라보았다. 그 노승의 이마엔 일신의 깊은 불력과 높은 명망을 대변하는 여덟 개의 계인이 새겨져 있었다.

"일묘(一杳) 사제, 일전을 피할 수 없을 듯하네."

"예, 소나한진(小羅漢陣)을 펴겠습니다."

일묘, 강호에서의 별호는 무화검승(武火劍僧).

최상승 검학인 나한검법(羅漢劍法)을 극성으로 익힌 그는 현 십팔나한의 수승이자 나한전의 지주였다. 또한 일 자 항렬의 승려들 가운데 다섯 손가락에 꼽히는 초일류 고수이기도 했다.

일묘의 우수가 허리에 걸린 칼자루를 움켰다.

차라랑.

경쾌한 검명과 함께 소림사의 삼대보검인 금불검(金佛劍)이 나신을 드러냈다. 오랜 역사를 간직한 기보답게 검날을 따라 흘러나오는 예기가 범상치 않았다.

그것을 본 북리야향이 입매를 비틀며 희미하게 웃었다.

"호오, 좋은 검이네. 빼앗아 가지고 싶은걸."

말이 끝나기가 무섭게 병풍처럼 도열한 십팔빙령의 새하얀 장포가 저마다 가볍게 펄럭거리기 시작했다. 그에 질세라 일묘, 천중을 비롯한 십팔나한도 일제히 하단전의 내력을 한껏 이끌어 냈다.

이내 북리야향과 십팔빙령이 자리한 일대 지면에 서리가 깔렸다. 빙결의 속성을 가진 마기의 영향이었다.

하지만 일화 일행이 선 주변엔 서리가 침범해 들지 못했다. 그들이 내뿜은 막강한 기운이 보이지 않는 방벽이되어 빙기를 차단했기 때문이다.

백중지세.

서로의 무형지기가 간극의 중앙에서 얽히자 경물이 마구 일그러져 보였다.

뒤늦게 집주인 감평이 다수의 인원을 대동하고 나타났지만 그 광경을 보고선 감히 끼어들 엄두조차 낼 수 없었다. 정원을 가득 메운 육중한 기의 압력도 압력이지만, 도움을 준답시고 움직여 봐야 방해만 되리란 것을 알았으니까. 그도 무인 출신이라 그만한 눈치는 있었다.

나한승 하나가 얼른 손짓을 보내자 감평은 일행과 더불어 멀찍이 물러났다. 그 찰나, 일화가 보낸 전음이 감평의 귓전에 와 닿았다.

[감 시주, 주변에 다른 적이 없는지 사람을 풀어 살펴봐 주게나.]

그렇게 감평 일행이 신속히 사라진 순간, 북리야향의 청안이 서늘한 살광을 내뿜었다.

"놀아 볼까!"

십팔빙령이 일제히 지면을 차고 쾌속하게 돌진했다. 동시에 일묘를 위시한 십팔나한도 보법을 밟아 마주 내달렸다.

파파파파팟, 타타타타탓!

풍성이 잇달아 터지며 십팔빙령과 십팔나한이 각기 합격진을 펼쳤다.

소나한진, 달리는 십팔나한진.

강호 역사상 단 한 번도 무너진 없는 소림사 최고의 절진이다.

나한전엔 도합 일백여덟 명의 무승이 있는데, 그들이 한꺼번에 펼치는 것을 대나한진이라 불렀고, 열여덟 명이 펼치는 것을 소나한진이라 불렀다.

지금의 이 소나한진은 그 위력이 특별했다. 다름 아닌 나한전을 대표하는 정예 고수인 십팔나한이 모여 이룬 진이었으므로.

십팔나한은 호랑이가 사냥에 나서듯 호전적인 투로를 밟으며 저마다 미리 약속된 초식을 뿌렸다.

이리저리 자리를 바꾸는 어지러운 움직임 속에 드러나지 않는 현묘한 질서. 또 저마다 다른 초식을 구사하고 있음에도 결코 번잡함이 느껴지지 않았다. 되레 그 모든 것이 조화롭게 어우러져 가히 일당백의 기세를 자랑했다.

하나 십팔빙령 역시 녹록한 무리가 아니었다. 그들은 수레바퀴처럼 빙글빙글 돌며 꽃봉오리가 만개하듯 반복적으로 뭉쳤다 흩어지는 형태의 진으로 소나한진의 고강한 공세에 맞섰다.

빙화마륜진(氷花魔輪陣).

소림사와 마찬가지로 장구한 세월에 걸쳐 발전을 거듭해 온 빙마맥의 절진.

십팔나한은 살생계(殺生戒)로부터 자유로운 무승 집단답게 진식에 맞춰 패도적이고 살인적인 초식을 구사했다. 겉으로 드러나는 기도만 놓고 보면 불자인지 살수인지 분간하기 힘들 정도였다. 그러나 손속을 통해 뿜어지는 공력엔 웅혼한 불력이 한껏 깃들어 있었다.

십팔빙령이 빙화마륜진을 통해 구사하는 초식들 또한 패도적이고 살인적이긴 마찬가지였다. 게다가 그들이 가진 고유의 빙기는 일련의 초식을 한층 위력적으로 만들었다.

천중은 내심 빙화마륜진의 견고함과 교묘함에 감탄했다.

'진의 흐름의 중심이 되는 북쪽 감괘(坎卦)에 가장 공력이 떨어지는 둘을 배치해 서로 돕게 하고, 약점이라 할 수 있는 이괘(離卦)에 최고수를 배치함으로써 균형을 잡고 있구나! 그리고 그 양옆으로 엇비슷한 고수를 두어 약점을 되레 강력한 방패이자 덫으로 바꾸었어!'

팔괘(八卦)의 이치에 따라 빙화마륜진을 해석한 그였다.

진이란 흔히 기와 방위의 밀접한 관계, 그 자연의 철리(哲理)에 기반을 두고 구성되기 마련이다.

무릇 해가 뜨는 동쪽의 기운과 해가 지는 서쪽의 기운이 같을 수 없고, 겨울을 상징하는 북쪽의 기운과 여름을 상징하는 기운 역시 같을 수 없는 법. 대부분의 강호 문파는 바로 그러한 묘리를 바탕으로 하여 무학의 속성에 맞춰 진을 만들었다.

빙화마륜진도 그랬다.

감괘는 수(水)을 뜻하고, 그 수가 극에 이르면 빙(氷)이 된다. 그러니 화(火)를 상징하는 이괘는 상극이다.

십팔빙령은 빙결의 마기를 근간으로 하니 당연히 감괘, 즉 정북방이 투로의 시작점이었다. 그런데 빙화마륜진은 그것을 한 번 더 꼬아 이괘인 정남방에 힘의 무게를 실은 것처럼 보이게 했다.

천중을 비롯한 나한승들은 합이 나누며 그러한 부분을 재빨리 인지한 상태였다. 만약 십팔나한이 아닌 배움이 깊지 않은 무리가 빙화마륜진을 마주했다면 정법대로 이괘 쪽을 노리다가 큰 낭패를 당하고 말았을 것이다.

천중은 빙화마륜진의 정남방을 맡고 있는 자의 무위에

주목했다. 체외로 발산되는 빙결의 마력이 다른 마령들과 확연히 달랐다.

'어느 정도의 경지인지 모르겠으나, 적어도 내 아래는 아니구나!'

그런 생각이 들자 슬며시 호승심이 일었다.

하나 일묘의 전음이 그를 단속했다.

[호기를 부릴 때가 아니다! 천중!]

찔끔한 천중은 손속을 뿌리며 멋쩍은 웃음을 흘렸다. 그러면서 속으로 중얼댔다.

'파핫, 정말 대단하시군. 이런 상황에서 내 표정까지 읽으시다니…….'

한편 일화와 북리야향은 십 보 간격을 두고 마주했다.

"본사의 소나한진과 정면으로 부딪쳐 비등한 형세를 유지하다니, 자못 놀랍구려."

"흥…… 놀라긴 아직 이른데."

냉조를 보낸 북리야향이 내공을 운용하자 백의가 펄럭펄럭 나부꼈다. 그러자 일대 공기가 입김이 날 정도로 싸늘히 식으며 육중한 압력을 선사해 왔다.

바닥에 새하얀 서리가 한층 짙게 깔리는 가운데, 일화도 일신의 공력을 개방시켰다.

쿠구구구구구…….

두 고수가 발한 무형지기에 의해 지면이 진동한 순간,
백리야향의 교구가 설풍을 일으키며 번개처럼 나아갔다.

일섬(一閃)의 경공술, 빙혼신주(氷魂迅走).

콰아앙! 퍼어엉!

일화와 북리야향이 일장을 교환했다. 그 여파로 지면
이 쩌저적! 금을 그렸다.

충돌한 기의 잔해가 허공중으로 퍼지는 가운데, 둘은
거듭 우장을 내질렀다. 그렇게 손바닥과 손바닥이 마주
하자 재차 굉음이 터져 나왔다.

꽈르르르릉!

잽싸게 오 보 뒤로 물러난 북리야향이 손목을 살짝 휘
돌리며 살기 어린 음성을 흘렸다.

"방금 그것, 위타천장(韋陀天掌)인가?"

"그렇소."

"호홋. 위타천장…… 네 스승의 장기였지?"

북리야향은 입꼬리를 샐쭉 올렸다. 그녀는 과거 현담
대사와 만나 비무를 가진 적이 있었는데, 일화를 처음 본
것도 그때였다.

당시 현담대사를 찾은 주된 이유는 해묵은 조약을 파
기하기 위함이었다.

수백 년 전, 빙마신궁은 야심차게 중원 무림에 진출했

다. 하지만 구대문파가 결성한 맹에 의해 그만 패퇴하고 말았다. 그리고 소림사 주도하에 구대문파의 허락 없이는 중원 땅에 발을 들일 수 없다는 굴욕적인 조약까지 맺었다.

긴 세월을 격해 신임 궁주에 오른 북리야향은 그 조약을 파기하고자 일대일 비무를 청했고, 현담대사는 구파 장문인과 논의한 끝에 그녀의 도전을 받아들였다.

결과는 현담대사의 팔십 초 승리.

끝내 숙원을 풀지 못한 북리야향은 눈물을 삼키며 걸음을 되돌릴 수밖에 없었다. 그녀는 물론이고 빙마신궁 전체로 봐서도 실로 뼈아픈 패배였다.

"현담만 생각하면 지금도 이가 갈려. 당시엔 내가 너무 조급했어. 신임 궁주로서 젊다고 깔보이지 않으려면 뭔가 큰일을 이뤄야 한다고 여겼던 거야. 과욕이었지. 하나……."

돌연 북리야향의 교구 주위로 드센 눈보라가 일기 시작했다. 그 마력에 의해 일화가 선 자리를 제외한 반경 삼 장 안의 사물이 모조리 갈라 터지는 소리를 내며 빙결되었다.

"난 이제 빙마맥의 절기를 모조리 터득한 상태야. 또한 신물인 천빙옥(天氷玉)마저 몸에 지녀 더 이상 늙지도 않아. 후훗, 과연 네가 이 힘을 감당할 수 있을까?"

"아미타불……."

일화는 나지막이 염불을 외며 염주를 손에 감았다. 그것은 곧 여기서 결판을 지으리란 의지의 표명이었다.

북리야향의 섬려한 두 손 위로 백설 같은 아지랑이가 하늘하늘 피어올랐다.

"조약 따윈 더 이상 아무 의미 없어. 너희 구파를 모조리 쓸어버리면 그만이니까!"

그녀가 우수를 횡으로 긋자 거대한 얼음 칼날로 화한 마기가 지독한 냉기를 흩뿌리며 매섭게 뻗어 나왔다.

츄아아아아앗—!

염주에 감긴 일화의 주먹도 영롱한 빛을 뿜었다.

장엄한 불력이 깃든 파도 같은 권경.

칠십이종절예, 복마권(伏魔拳).

일화가 발출한 권력은 그대로 바람을 가르며 쇄도하는 북리야향의 공세를 쇄파했다.

콰차아앙!

경기의 아지랑이와 함께 새하얀 가루가 바람을 타고 흩어지는 사이, 북리야향이 극성의 빙혼신주를 펼쳐 공간을 빠르게 압축했다.

눈 깜짝할 사이 삼 보 거리로 육박한 그녀의 쌍수가

날카롭게 한곳으로 파고들었다.

두 손 위로 솟구쳐 나오는 백색 얼음의 칼날.

빙백마검기(氷白魔劍氣)다.

일화는 자신의 가슴팍을 겨눈 그 공격에 여래천수법
(如來千手法)으로 맞섰다. 무수한 수영(手影)이 원을 그
리며 빙백마검기와 충돌했다.

채채채채챙, 차차차차창!

따가운 금속성이 울리며 둘 사이에서 불꽃과 눈가루가
뒤섞여 사위로 넓게 퍼졌다.

빙결의 마기로 병기를 만들어 내는 북리야향의 무력도
놀랍거니와, 그것을 맨손으로 쳐 내는 일화는 무력도 가
히 경이로웠다.

두 고수는 순식간에 이십 합을 지나쳤다.

한순간, 북리야향의 좌수가 빈틈을 교묘히 비집고 들
며 일화의 옆구리를 강하게 찔렀다. 한데……

쩌겅—!

쇳소리가 울리며 빙백마검기가 데걱 부러졌다.

'치잇! 역시…….'

북리야향은 신속히 표홀한 경공술로 교구를 뒤집으며
물러나 상대와의 거리를 벌렸다. 그런 그녀의 호흡은 평
상과 다를 바 없이 평온했다. 일신이 공력이 얼마나 높은

지 그것만 보더라도 쉬이 짐작이 갔다.

일화가 걸친 법복의 옆구리엔 빙백마검기에 의해 구멍이 뚫려 있었다. 하지만 그 틈으로 드러난 맨살엔 아무런 상처도 없었다.

북리야향의 아미가 뾰족이 올라갔다.

"금강불괴지체……. 흥, 육성 공력이면 상처를 입힐 수 있으리라 여겼는데."

그 말인즉슨 아직 모든 힘을 드러내지 않았다는 뜻이다.

북리야향이 이어 말했다.

"탐색전은 여기까지! 내 극성의 힘을 보여 줄 테니, 당신도 여유 그만 부리고 진력을 꺼내 보여 봐."

일화가 조용히 입을 열었다.

"일이 이쯤 되니…… 그대의 진정한 목적이 무엇인지 자못 궁금하구려."

"호호홋. 벌써 귀가 먹었나? 아까 말했잖아. 구파를 깡그리 없애 버릴 셈이라고."

"어쩔 수 없구려. 굴복시켜 자백하게 만드는 수밖에."

"할 수 있으면!"

일갈한 북리야향의 주위로 엄청난 냉기가 휘몰아쳤다. 그러자 대기마저 얼어붙은 듯 굵은 눈발이 사위에 어지러이 날렸다.

질세라 일화의 법복이 팽팽하게 부푸나 싶더니 거대한 기운이 뿜어져 나와 형언하기 힘든 압력을 선사했다. 그 힘을 견디지 못한 지면이 요란하게 흔들리며 균열을 만들었다.

조사 달마가 남긴 역근세수경의 진수, 그 위대한 신력이 일화의 몸을 빌려 외현되고 있는 것이다.

북리야향의 입가에 미소가 맺혔다.

"진작 그럴 것이지."

그녀가 냅다 발로 지면을 밀며 나아갔다.

파치칫, 파치칫—!

내딛는 걸음을 따라 얼음이 맺혀 깨지는 소리.

뒤이어 섬섬옥수가 전방으로 세게 내뻗치자 수백 개의 빙화(氷花)가 암기처럼 소용돌이치며 공간을 격해 쇄도했다.

빙백마공의 삼대 절기, 빙화나선우(氷劍螺線雨).

하늘도, 땅도 온통 폭설에 잠겨 버린 듯한 경이로운 마학.

동시에 일화의 두 팔이 호선을 그리자 저마다 다른 형태의 무수한 수영이 공간을 가득 메웠다.

파아아아아아아아—!

전방위적 공방이 가능한 소림사 비전의 절기, 천수관
음장(千手觀音掌)이 위용을 드러내는 순간이었다.
　　그렇게 빙화의 폭우와 수영의 파도가 맹렬히 격돌하며
굉음이 온 사방에 메아리쳤다.

27장.
고대한 만남

어두운 밤, 어느덧 혈향이 희미해진 구천혈궁 내부엔 무수한 반딧불이 까막까막하며 허공을 화려히 수놓고 있었다. 마치 오늘 전사한 이들의 영혼을 달래기라도 하듯이.

　동방표호는 그 야경을 눈에 담으며 걷다가 이윽고 북쪽 전각의 별실 앞에 당도했다. 그렇게 안으로 발을 들이니 미리 자리해 있던 동방휘와 서란이 예를 갖추며 즉각 바닥에 무릎을 꿇었다.

　동방표호는 탁자로 가 앉은 후 나지막한 음성을 발했다.

　"용두방주와 상의한 결과 이곳의 뒷일은 개방이 책임

지고 맡기로 했느니라. 궁지를 개조해 새로운 분타로 만들려는 모양이다. 여하간…… 우린 날이 밝는 대로 신비괴림을 떠날 것이야."

그런 다음 동방휘와 서란의 얼굴을 번갈아 보며 무표정한 얼굴로 물었다.

"내게 달리 할 말은 없느냐?"

동방휘가 기다렸다는 듯 뭐라고 입을 떼려는 찰나, 서란이 냉큼 나서 정중한 목소리로 청을 올렸다.

"가주, 외람된 말씀이오나 그는 잘못한 게 없어요. 이모든 일이 전적으로 제 탓이니, 부디 선처를……."

하나 동방휘는 단호한 어조로 자신의 진심을 밝혔다.

"아닙니다, 아버님! 제가 먼저 란에 대한 미련을 버리지 못한 까닭에 승 형의 도움을 받아 이곳으로 온 것이었습니다. 제가 판단하고 결정한 일, 그 책임 또한 제가 짊어지는 게 마땅하지요. 사실 말도 없이 본가를 떠났을 때부터 가규에 따른 처분을 각오한 터였습니다."

동방표호는 가만히 턱을 어루만졌다. 그의 침묵으로 내실의 공기가 덩달아 무겁게 가라앉았다.

그렇게 시간이 얼마나 지났을까.

동방휘가 돌연 청룡강검의 끈을 끌러 바닥 앞에 눕혀 놓았다. 가보를 반납함으로써 차대 가주의 자리도 포기하리란 의지가 엿보였다.

그것을 본 서란이 눈짓으로 만류했지만 동방휘는 결연한 표정으로 뜻을 굽히지 않았다.

이윽고 동방표호의 입이 열렸다.

"저 아이가 그토록 좋은 것이냐? 가통을 저버릴 정도로."

"그렇습니다. 그녀 없이는…… 저도 결코 행복해질 수 없음을 확실히 깨달았습니다."

동방휘의 망설임 없는 대답에 서란이 되레 황망한 표정을 지었다. 그녀는 이번 일로 동방휘가 가문의 눈 밖에 나 큰 곤혹을 치를까 봐 걱정부터 앞섰다. 하지만 동방표호가 어떻게든 허락만 해 준다면 그를 지아비로 섬기며 남은 일생을 함께하고 싶었다.

"일어나라. 명색이 동방가의 혈통이 함부로 무릎을 꿇는 것은 보기 좋지 않구나."

명령 같은 음성에 동방휘와 서란이 동시에 몸을 일으켜 세웠다.

동방표호는 무형지기를 발해 바닥의 청룡강검을 자신의 손으로 이끌어 와 잡았다.

"내가 무슨 말을 하더라도 네 마음은 변하지 않겠지."

"예, 아버님."

"좋다. 혼인을 허락하마."

순간 동방휘와 서란의 눈이 급격히 커졌다.

직접 듣고도 선뜻 믿기지 않는 말.

동방휘가 놀란 얼굴로 떠듬거리듯 물었다.

"지, 진심이십니까?"

"내 이미 가내 사람들에게 혼례 행사를 준비하라고 일러두었느니라."

"감사합니다, 아버님! 정말 감사합니다!"

동방휘의 두 눈엔 금세 눈물이 그렁그렁 맺혔다. 그 옆에 선 서란의 옥안 역시도 투명한 물막이 가득 고였다.

"이 아비의 자식이란 사실만으로도 가내에서의 네 위치는 결코 낮지 않다. 그러니 의당 얻는 것이 있다면 잃는 것도 있는 법. 오늘 이후…… 차대 가주의 자리는 초아(超兒)가 계승하게 될 것이다."

동방초(東方超).

일신의 검술이 마치 한 마리 용을 손에 쥐고 휘두르는 듯하다고 해 용악검협(龍握劍俠)이라 불리는 청룡제이검대의 대장이자 청룡동방세가의 장남이다.

동방휘는 흔쾌히 수긍했다.

"첫째 형님이라면 향후 본가를 잘 이끌어 나가리라 믿어 의심치 않습니다."

"그와 더불어 넌 제사검대 대장에서 물러나도록 하고, 현 부대장인 초한이 신임 대장을 맡게 된다. 불만은 없느냐?"

한마디로 계급의 강등이었다.

고개를 끄덕인 동방휘가 조심스럽게 물었다.

"혹…… 가문을 떠나란 말씀입니까?"

"아니, 분가(分家)는 허락하지 않을 것이야. 그 또한 감내할 수 있겠느냐?"

즉 향후 가내 어른들이 멸시의 눈초리를 보내거나 은근슬쩍 차별적인 대우를 하더라도 두 사람이 그것을 극복해야 된다는 의미였다.

동방휘가 고개를 돌려 서란을 바라보았다. 그녀는 의미심장한 눈빛으로 자신의 의지를 전했다.

'고마워, 란.'

그 마음을 읽은 동방휘는 그것 또한 받아들였다.

사랑하는 서란과 함께 살 수만 있다면 그 어떤 것도 하등 문제가 되지 않았다. 기위 특권을 포기했을 때부터 대충 예상한 일이었다.

동방표호가 갑자기 청룡강검을 휙 던졌다.

엉겁결에 청룡강검을 받아 든 동방휘의 눈동자에 의문의 빛이 스친 순간.

"혼례 행사가 끝나는 즉시 네게 특명을 내릴 것이야."

그 말에 동방휘는 뭔가 심상치 않은 기운을 느꼈다.

"특명…… 이라니요?"

"내 이렇듯 용두방주의 도움을 받아 널 찾으러 나온 것은 비단 혼사 문제뿐만이 아니다."

그렇게 말한 동방표호가 탁자를 벗어나 창문 밖의 야공을 올려다보며 음성을 이어 나갔다.

"최근 마도 무림의 움직임이 심상치 않구나."

"역시나…… 육대마가입니까?"

"육대마가야 어느 정도 짐작한 바이나, 근자 들어 예상치 못한 세력들이 움직이기 시작했느니라."

"예?"

"그중 하나가 바로 북해의 빙마신궁이다."

"아, 빙마신궁!"

"하북호신팽가에서 팽 가주의 직인이 찍힌 급신을 보내 왔다. 그에 의하면 빙마신궁의 빙정마후가 이끄는 정예가 장성을 넘어 중원으로 발을 들인 것으로 확인되었다고."

"……!"

동방휘의 낯빛이 딱딱하게 굳었다. 아직 한 번도 마주한 적은 없으나 그 위명은 어려서부터 귀에 못이 박히도록 들었으니까.

'빙정마후 북리야향. 과거 현담대사가 팔십 초의 겨룸 끝에 가까스로 제압했다는 가공할 실력자……. 흠, 충격적이군. 그녀가 여태껏 살아 있었단 말인가? 지금쯤 무려 백이십 살이 넘었을 텐데.'

"내 그래서 용두방주를 만나 그 일을 상의했지. 아니나 다를까, 개방에선 이미 그 사실을 파악하고 있더구나. 일단 문제는……."

눈치 빠른 동방휘가 즉각 말을 받았다.

"육대마가와 빙마신궁이 모종의 동맹을 맺은 가능성을 염려하고 계시는군요."

"그렇지. 그것을 의제로 삼아 융중산(隆中山)에서 조만간 칠가 총회가 개최될 예정이다."

융중산이라 함은 칠대세가의 하나인 신기제갈세가(神機諸葛世家)를 의미했다.

"천뢰남궁세가, 하북호신팽가, 금도하후세가 사람들은 벌써 융중산에 머물고 있다. 그리고 사천만우당가(四川萬雨唐家)와 사자영호세가(獅子令狐世家)도 곧 출발을 한다고 연락을 받았다."

"하오면 구파에선 아직 모르고 있습니까?"

"그럴 리가 있겠느냐. 무당파의 지인을 통해 알아보니

구파는 따로 종남산에서 총회를 가지려는 듯하다. 개방
은 양쪽의 총회가 끝나는 즉시 은밀한 회합의 자리를 마
련할 거라고 하더구나.”

“제게 내리실 특명도…… 그와 관련한 것입니까?”

“앞으로 몇 년 동안은 부지런히 발품을 팔아야 할 것
이니, 우선 그리 알고 있거라. 자세한 일정은 추후 본가
로 가거든 알려 주마.”

“알겠습니다.”

동방휘는 그 대답과 함께 서란은 손을 꼭 붙들었다.
그녀는 재차 눈빛으로 말을 건넸다.

‘내 걱정일랑 말아요. 당신을 위해 버티고 또 버틸 테
니까. 반드시 가내 어르신들께 인정을 받도록 노력할게
요.’

*   *   *

“예? 빙마신궁이 중원에……? 아니, 그보다 북리야향
이 아직까지 죽지 않고 살아 있단 말씀입니까? 세상
에…… 정말 놀랄 노 자(字)로군요. 설마하니 그녀가 십
대무신조차 이루지 못한 반노환동의 경지에 도달한 건
아니겠지요?”

승궁인의 놀란 물음에 여태백이 가볍게 웃었다.

"허헛. 녀석, 그리 호들갑 떨 필요 없다. 짐작컨대 북리야향은 북해의 신물이라는 천빙옥을 손에 넣은 것임이 분명하다. 그렇지 않고선 제아무리 내공이 초절하다 하더라도 젊은 모습을 유지하기가 힘들지."

"천빙옥이라면…… 북해에 산다는 천년 영물 설백귀호(雪白鬼狐)의 내단 아닙니까?"

"그래, 맞다. 일단 하북, 하남, 산서, 산동 지역의 모든 분타에 밀명을 하달한 상태이니라. 빙마신궁 일행이 조만간 다른 움직임을 보인다면 곧바로 보고서가 올 것이니, 우린 그때까지 전력을 재정비해 만일의 사태에 대비함이 마땅하다."

"만일의 사태라 하심은……?"

"본방과 칠대세가, 구대문파, 나아가 사파까지 서로 힘을 합해 싸워야 할 날이 올 수도 있단 뜻이다."

승궁인이 뒤통수를 긁적거리며 투덜댔다.

"으음, 그 정도로 큰 혈겁이 일어나게 되면……. 쳇, 당분간 편히 지내긴 글렀네요."

그러자 여태백이 꿀밤을 꽁! 먹였다.

"예끼! 한낱 거지 주제에 무슨 그런 배부른 불만을 주둥이에 담는 것이냐."

"읔, 거지도 거지 나름이지요."

"새외 마도가 오랜 시간 공을 들여 모종의 계획을 실행 중인 것만은 확실하나…… 그렇다고 이쪽도 가만히 손 놓고 세월을 보내진 않았지. 중원 무림을 깔보면 곤란하거늘."

"사부님, 그렇게 말씀하시니 너무 허세 같습니다."

"어이구! 잔말 말고, 앞으로 꽤나 바빠질 듯싶으니 본방으로 가는 즉시 밀실 특훈에 돌입하도록 해라."

승궁인이 기겁하며 소리쳤다.

"저더러 다시 그 지옥 같은 지하방에 들어가라고요?"

"일 년을 꼬박 채우기 전까진 기어 나올 생각도 말거라. 풍개잠행대는 임시로 내가 맡을 터이니."

승궁인은 싫다며 앙탈을 부렸지만 이마에 큰 혹이 나고서야 비로소 고집을 꺾었다.

"궁인아."

여태백의 나지막한 부름에 승궁인의 안색이 일변했다. 그 목소리가 여느 때와 사뭇 달랐기 때문이다.

"제게 무엇을 부탁하고 싶으신 겁니까?"

"천마교로부터 입수한 열 권의 비급, 그 요체를 이용해 마침내 만리추풍수마장(萬里追風獸魔掌)의 구결을 완벽히 해석하고 정법에 맞게 고쳐 보완했단다."

만리추풍수마장.

제이대 용두방주 천심개(天心丏)가 주화입마에 든 상태로 창안한 장법이자, 그 이후로 어느 누구도 구결을 깨우친 역사가 없는 비전 절기.

만리추풍수마장은 그 내용이 너무 난해한 이유도 있지만, 사실 속성이 마류에 가까운 무공이라 다들 익히기를 꺼려한 것이 가장 큰 이유였다.

과거 천심개는 주화입마로 인해 마심에 빠지고 말았다. 그런 상태에서 창안한 무공이기에 당연히 속성이 마류에 가까울 수밖에 없었다.

천심개가 마심을 극복하지 못한 채 독방에 갇혀 자결한 뒤로 후대의 용두방주 몇 명이 만리추풍수마장을 익히려고 시도했지만, 그때마다 마심이 깃드는 듯한 기분에 성취를 보지 못하고 접었다.

한데 당대에 이르러 변수가 발생했다.

천마교의 멸망으로 말미암아 뜻하지 않게 그에 보관된 십종의 마학을 손에 넣게 되었던 것이다.

여태백과 장로회는 비밀리에 그 열 권의 마도 비급을 연구해 만리추풍수마장의 구결을 재해석했고, 끝내 주화입마의 위험 없이도 성취할 수 있게끔 내용을 고치고 보완하는 데 성공했다.

처음부터 극비에 부친 일이라 승궁인으로서도 처음 듣는 이야기였다.

"천마교 비급들의 요체를 변용해 기존 무공에 가미할 거라던 말씀은 말짱 거짓이었군요. 휴우, 저한테까지 비밀로 하시다니 자못 섭섭합니다."

"어쩔 수 없었다. 이 모든 것이 본방의 미래를 위함이었느니라. 수뇌부 전체에 공표했다면 내가 아무리 단속해도 어떤 식으로든 비밀이 새나고 말았을 것이야."

"어쨌든 제가 만리추풍수마장을 극성으로 익히길 바라시는 듯한데, 그럼 사부님께선……?"

"원, 녀석. 육대마가와 빙마신궁의 행보가 심상치 않은 상황인데, 자리를 비우고 밀실로 들어 일 년의 시간을 허비라하는 것이냐?"

"엇! 잠깐만요. 당장 사부님께서 익히신다고 해도 최소한 일 년이 소요될 것이란 말씀이온데, 하물며 저는 그 이상의 시간이……."

여태백이 대뜸 손짓으로 말꼬리를 끊었다.

"네 오성이라면 충분히 해낼 수 있을 것이야."

확신에 가까운 말.

그 뜨거운 눈빛을 바라보던 승궁인이 결심이 선 듯 주먹을 꽉 움키며 고개를 끄덕거렸다.

"알겠습니다. 까짓것 죽을 각오로 한번 시도해 보겠습니다. 그런데 만에 하나…… 실패하더라도 두들겨 패지는 마십시오. 핫핫핫."

"그래, 그렇게 나와야 내 제자답지. 어허헛."

너털웃음을 흘리던 여태백은 이내 두 눈을 지그시 감곤 읊조리듯 중얼거렸다.

"그나저나 천공…… 그 아이와 다시 마주할 날이 빨리 왔으면 좋겠구나. 궁금한 것이 너무나 많으니……."

승궁인이 빙그레 웃으며 말했다.

"약속은 반드시 지키는 사내입니다. 혹여 제가 특훈에 든 기간에 본방을 방문하거든 안부나 전해 주십시오."

*   *   *

콰아아아아아앙—!

벼락이 한꺼번에 작렬하는 듯한 폭음과 함께 경기의 아지랑이가 사위로 마구 퍼졌고, 먼지구름과 눈가루가 허공으로 비산했다.

빙화나선우, 그리고 천수관음장.

빙마신궁과 소림사를 대표하는 절기의 격돌.

"윽!"

뾰족한 소리를 발한 북리야향이 일 장 뒤로 신형을 물렸다. 아마도 체내에 가벼운 충격을 받은 모양이었다.

일화는 예의 자리에 꼿꼿이 두 다리를 박고 선 채 숨기를 고르며 조용한 음성을 발했다.

"그 정로론 본사의 공부를 능가하기 힘드오."

"흥, 뚫린 입이라고……."

옥안을 부릅뜬 북리야향은 즉각 최대의 공력을 쌍수로 끌어모았다. 뒤이어 두 팔을 좌우로 세게 떨치자 가공할 냉기가 대기에 큰 파장을 일으키며 세찬 눈보라를 생성했다.

북리야향이 입꼬리를 올리며 이기죽거렸다.

"내가 가진 진짜 힘을 보여 주지. 자, 지금부터 두 눈 똑바로 뜨고 감상하도록 해!"

그녀의 호언이 끝나기가 무섭게.

쩌저저저, 쩌저저저저저……..

기이한 음향과 함께 방원 오 장의 공간이 눈 깜빡할 사이 엷은 빙막(氷幕) 속에 완전히 갇혔다. 흡사 그 자체가 하나의 작은 얼음 동굴이자 봉문의 결계나 다름 아니었다.

지금까지 단 한 번도 펼친 적이 없는 빙마맥 마학의 최종 오의.

빙강살인마벽(氷剛殺人魔壁).

극성의 빙기로 이뤄진 방벽 안에 상대를 가두어 그와 연계되는 세 가지 절초를 구사해 죽음에 이르게 만드는, 가히 초절한 경지의 마공이었다.

일화는 사방을 둥글게 둘러싼 빙강살인마벽을 보며 진심으로 감탄했다.

'그녀의 빙공(氷功)이 이 정도였단 말인가?'

새하얗고 투명한 빙벽(氷壁) 위로 달빛이 부서져 내려 방원 오 장 내의 공간을 대낮처럼 훤히 밝힌 가운데, 일화의 코에선 연신 허연 김이 새어 나왔다. 차단된 공기가 급속도로 냉각되었기 때문이다.

가공할 빙기의 마력에 의해 마치 전신의 근육은 물론이고 체내 혈맥마저 한껏 수축되는 듯한 기분.

금강불괴지체를 이룬 일화도 이렇듯 압박감을 느낄 정도인데, 하물며 다른 고수야……. 그 증거로 접전을 벌이던 십팔나한과 십팔빙령이 빙강살인마벽이 발하는 냉기의 영향력을 피해 멀찍이 자리를 옮긴 상태였다.

호흡지간 북리야향의 입가에 미소가 맺혀 흐른다. 너무 아름답다 못해 요사스럽기까지 한 미소다.

"호호홋. 빙강살인마벽……. 이 안에서 난 무적이자 불사의 몸이나 마찬가지야."

일화는 조용히 자신의 발아래 지면을 살폈다. 그러자 불력이 깃든 무형지기의 기막을 뚫고 일련의 서리가 지척으로 침범하고 있는 것이 보였다.

'과연…….'

순간 일화의 몸에서 찬란한 서기가 원형의 파도처럼 퍼져 지면의 서리와 대기의 빙기를 일 장 밖으로 몰아냈다.

그것을 본 북리야향의 우수가 소맷자락을 펄럭이며 강하게 뻗쳤다.

빙강살인마벽 제일초 빙류마령창(氷流魔靈槍).

카가가가가―!

거리를 격해 쇄도하는 창날 같은 얼음 기둥. 아니, 실제론 얼음 기둥의 형상을 한 빙력의 예기다.

일화도 질 새라 대력금강장을 발출했다.

두 공세가 충돌하며 우렁찬 폭음을 터뜨린 찰나, 사방을 가로막은 빙벽이 흔들리며 무수한 편빙(片氷)이 날카로운 암기처럼 쏟아져 나왔다. 바로 빙강살인마벽 제이초 빙표분열탄기(氷鏢分裂彈氣)였다.

상하, 전후, 좌우, 모든 방향이 가로막혀 피할 곳이 없었다.

한데 정작 일화는 아무런 동작도 취하지 않은 채 가공

할 잠력을 폭발시키듯 내뿜었다.

우우우우우우웅—!

부동심(不動心), 부동체(不動體), 부동결(不動訣), 그 묘용의 조화를 극대화시켜 어떤 움직임 없이도 금강(金剛)의 힘과 위엄을 드러낸다는 불문 무학의 정수 금강부동신공(金剛不動神功)이었다.

소림사 최상승 절학의 장엄한 기세 앞에 빙표분열탄기는 결국 저마다 방향을 잃고서 어지러이 흩날려 빙벽과 지면으로 가 부딪쳐 깨졌다.

카차앙! 쩌저저정, 쩌저정! 키이이잉—!

시끄러운 소리가 연속적으로 울려 퍼졌지만, 빙강살인마벽은 작은 균열조차 보이지 않았다. 실로 대단한 견고함이었다.

"노승 주제에 꽤 버티는걸!"

앙칼진 음성을 토한 북리야향은 예의 기세를 살려 마지막 제삼초 빙마개벽세(氷魔開闢勢)를 전개했다.

크그긍, 크그그그긍, 크그그그긍—!

공간을 완벽히 차단한 빙벽으로부터 톱날 같은 거대한 빙기 수십 개가 회오리치듯 일화에게로 쇄도했다. 덩달아 지면에서도 수십 개의 빙기가 가시처럼 마구 돋아났다.

흡사 얼음 지옥을 연상시키는 경이로운 마학.

일화는 주저 없이 극성의 내공을 동원해 역근세수경의 묘용과 연계한 칠십이종절예 팔십일로항마장법(八十一路 降魔掌法)을 뿌렸다.

콰콰콰, 콰콰콰콰콰콰!

쾌속한 손짓을 따라 세차게 나아가는 여든한 개의 장영.

빙마개벽세와 팔십일로항마장법이 정면으로 격돌하자 그 폭발력과 반탄지력에 의해 빙벽 내 공간 전체가 금세 아수라장이 되었다.

눈가루와 먼지구름이 뒤섞인 아래, 북리야향의 교구가 주르륵 뒤로 밀려 단단한 빙벽에 등을 쿵! 들이받았다.

"으흑."

반면 일화는 빙벽에 부딪치기 직전 선형을 멈춰 세웠다.

그것은 곧 두 사람이 지닌 극성 공력의 격차를 대변함이었다.

북리야향의 입가로 가느다란 선혈이 새어 나오는 것이 보였다. 기맥이 흔들려 내상을 입었음이 분명했다.

일화 역시 내상을 입은 듯했지만, 입가로 피를 흘리지는 않았다.

"흥, 역시 녹록하지 않네. 하지만 빙강살인마벽에 갇힌 이상 네 혈맥은 조금씩 얼어붙게 될 거야. 계속 그렇게 기를 소진하다간 동사한 시체 꼴을 면하기 힘들다고. 우후훗……."

북리야향이 득의의 소성을 흘린 찰나, 일화의 법복이 한 차례 아래위로 나부끼더니 그의 입에서 엄청난 내력이 담긴 고성이 터져 나왔다.

"하아아아아아아아아!"

무시무시한 음파의 진동이 공간을 떨쳐 울린 순간.

쩌적, 쩌저저적, 쩌저저저적……!

놀랍게도 빙강살인마벽 표면에 거미줄처럼 금이 생기기 시작했다.

사자후(獅子吼).

소림사 내 유일한 음공(音功)이자 강호 무림 최강의 음공.

북리야향은 극성의 내력으로 고막과 기맥을 보호하며 괴로운 듯 인상을 구겼다.

'크훗……! 일화의 공력은 이미 생전의 현담을 능가하고 있구나!'

빙강살인마벽은 마침내 사자후에 담긴 고강한 내력을 버티지 못하고 와장창 무너져 내렸다.

동시에 일화가 일위도강을 펼쳐 거리를 압축해 나갔다.
승부의 종지부를 찍기 위함이다.

그 운신과 함께 이뤄진 소림사 권법의 백미, 백보신권.

염주를 감은 주먹이 북리야향 앞에 이르러 형언하기
힘든 육중한 권경을 발출했다.

쿠아아아아아아—!

＊   ＊   ＊

혈전을 치른 때로부터 열흘 후, 사시(巳時:오전 9—
11시)를 막 넘긴 무렵.

신비괴림 북쪽의 한 계곡에 이른 천공은 주변의 풍광
을 눈에 담으며 감탄 섞인 목소리를 흘렸다.

"와…… 정말 별천지 같군요."

신비로운 자태를 뽐내는 나무들과 이름 모를 꽃들이
만발한 숲, 그리고 온갖 기이한 형태를 한 바위들을 휘감
아 굽이치는 시원스런 물줄기.

이곳의 경치는 그야말로 절세 화공이 그린 듯한 한 폭
의 산수도라 해도 과언이 아니었다.

앞장서 걷던 손묘정이 고개를 뒤돌려 빙그레 웃었다.

"어때요, 경관이 남쪽 지대와 사뭇 다르죠?"

그러자 단희연이 고개를 끄덕거리며 말을 받았다.

"정말 그래요. 완전히 다른 세상에 온 듯한 기분이에요. 그냥 바라보기만 해도 흥이 나네요."

천공은 문득 천중의 얼굴이 머릿속에 떠올랐다.

'혼자 보기 아까운걸. 네가 곁에 있었더라면…….'

흑선과 마주할 날이 임박했다고 생각되니 더욱더 그가 보고 싶었다.

어느 순간, 손묘정이 걸음을 멈추고 손가락으로 전방 먼 쪽을 가리켰다.

"저 멀리에 보이는 좁다란 길이 바로 대자연의 결계가 본격적으로 시작되는 지점이랍니다. 변화가 워낙 기오막측해 저도 정신을 집중하지 않으면 안 되니 잘 따라오셔야 해요. 반오행쇄문진은 이곳의 천험한 자연이 만들어 낸 결계에 비하면 아무것도 아니죠."

일행은 오래지 않아 오솔길로 접어들었다.

'흠, 기압이 미묘하게 달라진 것 같은데…….'

천공은 협로에 발을 들인 순간부터 왠지 모르게 가슴이 무거웠다. 확실히 몸에 와 닿는 기류의 느낌이 이전과 판이했다. 물론 그러한 느낌은 단희연도 마찬가지였다.

손묘정이 별안간 작은 부적 한 장을 꺼내더니 앞으로 휙 던졌다. 그러자 작은 불꽃과 함께 부적이 금세 재로 화하며 푸른 기운을 둥글게 퍼뜨렸다.

'아니……!'

천공과 단희연은 동시에 흠칫 놀랐다. 푸른 기운이 사라짐과 동시에 주변 경물의 배치가 달라졌기 때문이다. 심지어 나무의 종류도 바뀌어 있었으며, 또 예의 협로도 전혀 엉뚱한 방향으로 꺾여 뻗어 있었다.

"천연의 결계는 이런 식으로 사람의 시계를 왜곡시켜요. 눈에 보이는 대로 걷다간 낭패를 당하기 십상이죠."

"손 소저는 그것을 어떻게 느낀 것입니까?"

"당연히 사부님의 가르침을 충실히 따른 덕분이에요. 무인이나 술사나 모두 수련을 통해 기감을 기르지만, 그 속성은 또 다르답니다."

천공은 갑작스레 변화한 풍광을 바라보며 혀를 내둘렀다.

대자연이 만든 결계 안에 존재하는 다른 세상. 그로선 자못 신선한 경험이었다.

바로 그때, 한옆에서 파사삭! 하는 기척이 들렸다.

농후한 살기.

일류 고수가 내뿜을 법한 짙은 살기다.

천공과 단희연은 즉각 내공을 운용하며 소리가 들린 쪽으로 고개를 돌렸다.

대략 삼 장의 거리.

"크르르르……"

웬 호랑이 한 마리가 날카로운 송곳니를 드러내며 으르렁댔다. 아니, 생김새는 분명 호랑이인데 덩치가 너무나도 거대했다. 마치 곰 서너 마리를 합쳐 놓은 듯한 어마어마한 크기였다. 게다가 몸의 가죽마저 황색이 아닌 번쩍이는 은색을 띠고 있었다.

손묘정이 얼른 손짓을 보내며 말했다.

"워, 워. 진정하렴. 너희 보금자리를 빼앗으러 온 것이 아니란다. 둘 다 내 친구야."

짐승한테 말을 건네다니?

한데 그녀의 말이 끝나기가 무섭게 은빛 호랑이는 혀를 몇 번 날름거리더니 이내 저편으로 횡허케 사라졌다.

단희연이 어리둥절한 얼굴로 물었다.

"저, 저건 뭐죠?"

"은귀호(銀鬼虎)라고, 태곳적부터 존재해 온 상고의 영물이랍니다. 사부님께서 이르시길 은귀호의 가죽은 도검으로도 절대 찢을 수 없고, 자연지기를 품어 무인처럼 내공도 다룬다고 해요. 이곳엔 실지 은귀호 외에도 세상에 알려지지 않은 영물이 수두룩하답니다."

천공이 고개를 절레절레 흔들었다.

"휴우……. 구성 수위에 도달했기에 망정이지, 만약 아무런 힘도 없는 상태로 이곳에 발을 들였다면 일찌감 치 은귀호의 먹잇감이 되어 죽고 말았을 겁니다."

일행은 다시 걸음을 옮겼다.

손묘정은 연신 부적을 이용해 정확한 길을 찾아 안내 했고, 천공과 단희연은 난생처음 집 밖을 나온 어린아이 처럼 그 뒤를 졸졸 따랐다.

앞서 손묘정의 말마따나 은귀호가 전부가 아니었다.

두 사람은 길을 나아가는 동안 머리가 셋인 뱀, 말보 다 큰 지네, 곰처럼 생긴 원숭이, 화염을 내뿜는 새 등등 온갖 괴수와 영물을 마주했다. 그리고 그때마다 손묘정 이 나서 해를 가하지 않도록 손을 써 주었다.

그렇게 한 시진 남짓 지난 때.

높은 언덕에 오른 일행 앞에 마침내 광활한 대지가 모 습을 드러냈다.

단희연은 저도 모르게 소리쳤다.

"세상에, 장관이네요!"

끝없이 펼쳐진 알록달록한 수림과 저 멀리 병풍처럼 도열해 기이한 자태를 뽐내는 산봉과 절애.

천공과 단희연은 자연스레 넋을 빼앗겼다. 만약 신선 계(神仙界)가 존재한다면 바로 이러한 모습이 아닐까 싶을 정도로.

협로로 들기 전에 보았던 아름다운 풍광은 이미 머릿속에서 지워져 버린 상태였다.

"결계의 영향권을 벗어났으니 편히 따라오시면 돼요."

손묘정은 그 말과 함께 길을 나아갔다. 퍼뜩 정신을 차린 두 사람도 얼른 그녀를 뒤따랐다.

단희연이 속삭이듯 낮게 중얼거렸다.

"역시 천 소협과 함께 오길 잘한 것 같아요. 일이 이렇게 되고 보니 오히려 구예한테 고맙다고 말을 전하고 싶네요."

말 그대로 눈에 보이는 것, 손에 닿는 것마다 신기하지 않은 게 없는 곳. 그녀는 새로운 세상을 접하는 기분에 심장이 콩닥콩닥 뛰었다.

천공이 부드러운 미소로 화답했다.

"당분간 이곳에 머물며 수련하는 게 좋겠습니다."

"네, 불만 없어요."

단희연도 마주 미소를 짓다가 이내 새치름한 표정으로 고개를 돌렸다.

'어머, 또……. 그가 웃기만 하면 이상하게 따라 웃게 된다니까.'

일행은 다시 무성한 수풀을 헤치며 한참을 걸었다.

얼마나 지났을까.

이윽고 손묘정이 신형을 멈추더니 천공을 보며 말했다.

"천 소협, 거의 다 왔어요. 저기가 바로 사부님의 거처예요."

그녀의 손짓을 따라 시선을 옮기니 시커먼 운무가 뭉게뭉게 피어오르는 협곡이 보였다.

'흑운동……!'

천공은 흥분에 휩싸여 주먹을 불끈 쥐었다. 바로 그 순간, 메아리 같은 웅혼한 전성이 귀에 와 닿았다.

[마불의 성운을 가진 자가 드디어 당도했구나.]

손묘정이 즉각 두 손을 공손히 모았다. 그 행동을 본 천공과 단희연은 전성의 주인이 흑선임을 깨달았다.

일행이 자리한 지점으로부터 검은 운무가 낀 협곡까진 거의 무려 사오십 장에 달하는 거리였는데, 이렇듯 또렷한 전성을 보낼 수 있다는 사실이 자못 놀라웠다.

천리전음(千里傳音).

아주 먼 거리까지 전성을 보낼 수 있는 능력을 일컫는 말로, 높은 내공 수위가 아니면 시전하기 힘든 상승 공부다.

당금 강호에서 천리전음이 가능한 무인은 아무리 많이 잡아도 일백 명이 채 되지 않을진대.

천공도 이내 천리전음의 수법으로 전성을 보냈다.

[후배 천공이라 합니다. 흑선을 뵙고자 하는데, 이대로 입동해도 되겠습니까?]

[허허. 초대된 손님인데, 내가 직접 나가 맞는 것이 예의가 아니겠는가.]

천공 등은 말없이 제자리를 지켰다.

그로부터 시간이 얼마 지나지 않아, 전방에 시커먼 돌풍이 일며 일행이 선 자리로 빠르게 다가왔다.

휘휘휘휘휘······.

시커먼 돌풍은 십 보 거리로 육박하더니 순식간에 소멸해 버렸고, 동시에 한 인물이 모습을 드러냈다.

검은 장포 차림에 현오한 눈빛을 가진 오십대 사내.

타의 추종을 불허하는 방술로 의신 화타의 환생이라 불린 불세출의 기인, 흑선이었다.

천공은 그와 시선을 마주한 순간 등골을 훑는 짜릿한 전율을 느꼈다. 그러다가 얼른 단희연과 함께 포권을 취하며 인사를 올렸다.

고개를 끄덕인 흑선이 입을 열었다.

"불력과 마력을 한 몸에 지니다니, 참으로 대단한 일을 해냈구먼."

마치 모든 것을 꿰뚫어 보는 듯한 말.

천공은 묻고 싶은 것이 산더미 같았지만 애써 조급함을 억눌렀다.

흑선이 차분히 목소리를 이었다.

"섣부른 오해를 방지하고자 내 미리 밝히도록 하지. 난 기실 마도에 뿌리를 두고 있다네. 하나 마심에 빠진 마인은 아니니 안심하게."

갑작스런 말에 천공의 두 눈이 휘둥그레졌다. 곁에 선 단희연도 뜻밖이라는 표정이었다.

흑선은 옅은 미소로 두 사람의 얼굴을 번갈아 보았다.

"천외삼마선이라고 들어 본 적 있는가? 그것이 바로…… 내 실체일세."

〈『악소림』 제5권에서 계속〉